彼女たちに守られてきた

松田青子

中央公論新社

彼女たちに
守られてきた

目次

I 時々、外に出ていこう

II

「当たり前」の痛みにさよなら

III

彼女たちに守られてきた

彼女たちに
守られてきた

I

時々、外に出ていこう

「さすがにこれは」

チェーン店はチェーン店なのに、つながっているようでつながっていない。日常の中で、その事実にふとした瞬間触れると、そういえばそうだったと、いちいち感慨深く思ってしまう。

たとえば、同じ名前を掲げるラーメン屋の味がぜんぜん違う時がある。それはもう違う店だ。だけど同じ名前を有している。同じ名前のレンタル屋でも、レンタルしたお店と別の店舗に返却したら、ただの非常識な人だし、お店の人も困る。何か商品を返品する際も、購入した店舗に行くのが当たり前だ。

働いている人たちももちろん違う。私の住んでいる街にはスタバの店舗がいくつかあるが、一つは駅前にあり、お客さんの列は途切れず店員さんたちは常にフルスロットル状態だ。もう一つは公園の中にあり、そんなに混まないので、店員さんたちは穏やかにお客さんとの会話を楽しみつつ働いている。同じ名前のお店に働いているのに、この境遇の違い。二店舗を行き来するたび、私は、運とか運命といったものについて考えてしまう。店舗ごとの連携がないチェーン店も多く、その場合、お店の人に違う店舗のことを聞いても、明確な答えは返ってこない。電話一本してくれたらいいのにと思う時もあるが、それはそのチェーン店のマニュアルとして違うのだ。

ところで、私は、つながっていないチェーン店の店員さんが、そのつながってなさを飛び越える瞬間を、二回見たことがある。

一度目は、二十代のはじめの頃だ。その日、私は友人と車で奈良の寺に向かっていた。途中、世界一有名なハンバーガー屋のドライブスルーに寄った。目当てのハンバーガーを手に入れ、車が再び動き出してしばらくしてから、コーンポタージュの蓋を開けた私は驚愕《きょうがく》した。お湯の中に乾燥コーンがいくつか浮いているだけだ。ノーポタージュ。さっきのお店に戻るわけにもいかないしと話していると、ちょうどよく、目の前に同じハンバーガー屋のほかの店舗が現れた。チェーン店だからもしかしたら連携しているかもしれないというわずかな可能性と、これを見せたらどうなるんだろうという興味本位な気持ちが、乾燥コーン入りのお湯を持った私を走らせた。お店に入り、他店舗で購入したことを断ってから、店員さんに蓋を開けて見せた。あの時の店員さんの顔は忘れられない。一瞬で眉間が険しくなった店員さんは、「さすがにこれは」「これはひどい」と言いながら、その場でちゃんとしたコーンポタージュに交換してくれた。その後、私に乾燥コーン入りのお湯をくれたお店に、その店員さんが連絡を取ったのかどうか、私は知らない。

二度目は、二十代の終わりの頃だ。日本にもいくつか店舗がある、アメリカのブランドのネットショップで、ある日Tシャツを買った。届いたTシャツは片腕だけ、袖の胴体側が身頃部分に縫いつけられていた。着るには着られたので深く考えず着用すること半年、これはやっぱりおかしいなとようやく気づくに至った。まあ無理だろうと思いながら、買い物ついでにそのお店の渋谷店で、この店舗で買っていないこと、だいぶ時間が経《た》っていること、レシートがないことを断った上で、袖と身頃ひっつきTシャツを店員さんに見せた。個性的なカジュアルファッションの若い店員さんの顔が、二十代のはじめに出会った、あのハンバーガー屋の店員さんと同じ表情になった。そして彼女は言った。「さすがにこれは」「これはひどい」。首を振りながら、店員さんは、Tシャツを交換してくれた。

お店にはルールやマニュアルがあり、客としては時にはそんなあと思うような悲しい出来事も起こるが、そのルールや店舗が違うという厳然たる事実さえ、店員さんに飛び越えさせる力を持ったミスがこの世にはたまに出現する。そういうミスは、悪くないミスであるような気がする。そして、その時に「さすがにこれは」と思ってくれる店員さんもまた宝だ。どんな状況でも、「さすがにこれは」と思わない人は思わない。「さすがにこれは」と言う時の店員さんの顔は素敵だ。私はこの能力を、「さすがにこれは力」と名づけたい。

（『ベスト・エッセイ2015』日本文藝家協会 編　二〇一五年　光村図書）

担当者

私は妙に気をつかってしまう性格で、経験上誤解を生むことも多々あるので、できるだけその回路を動かさないようにしているのだけれど、その性格によって、長期的に見た際に予想外の効果が生まれることがある。

通いはじめて六年目に突入した美容院には担当者がいない。店全体が私の担当者であるからだ。この店はネットで見つけた。決め手は、当時住んでいた家から歩ける距離だったこと。お店に行くと、男性の美容師さんが私の髪を切ってくれた。これまでの美容院では最初に割り当てられた美容師さんが自動的に担当者になっていたので、この人が担当者なのだろうと私は思い、実際、その後の数回は同じ人だった。

ところが、続く数回は、毎回違う人が担当してくれたので、そうか、最初の人は担当者ではなかったのか、と気がついた。この段階で、最初の人を指名して予約するようにすれば話は済んだのだが、私はすでにお店の美容師さんを一巡していた。今、誰かを選んだら、まるで他の人たちの技術や人となりがよくなかったみたいじゃないか。そりゃ美容師さんはそんなことは慣れっこかもしれないが、みんないい人で髪を切るのも上手なのに、私が誰かを指名した後で、そのことをわざわざ伝えるのも変だし、とただの客なのに必要のない気づかいが発動し、美容師さんたちからしたら、指名料が入ったほうがいいのかもしれないと思いつつも、しばらく考えた結果、誰も選ばないことを、私は選択した。

以来、私はこの店におけるオールマイティカードのようなものになっている。数年以上通っていると、アシスタントさんたちが美容師デビューするのだが、その際にも、まずは松田で、となる。すでにちょこちょこ話してきているので、「松田さんを担当できる日が来るとは」と感慨深げに言われたりする。一度、ギャルのアシスタントさんが美容師デビューし、はじめて担当してくれていた最中に改めてじっくり話した際に、何気ない会話の延長線上で、その時の私が喉から手が出るほど必要としていた大切な情報がぽんっと与えられたことがある（まったくこの店と関係ないことで）。話の流れからも、あの瞬間は、彼女と私がこの店での数年間で培った関係のうえに偶然生まれたものだった。瞬間、というものは、一瞬のことではなくて、連続性のうえにあるのだなと、この出来事を思い出すたびに考える。その後、ギャルだった彼女は「後輩が増えてきたので、お姉さんらしくしたい」と服装やメイクががらっとかわり、その変遷がまぶしい。

私は美容院がわりと苦手なほうでお店に定着しないタイプだった。でも、この店に通い続けているのは、担当者を店側が決めなかったことを含め、最初の来店時に住所など個人情報を書かせない、他の美容院と比較して納得のいく価格設定、などなど、この店自体は白を基調とした、まったく個性的な内装ではないのだが、静かなる個性が店内に満ちているからだ。働いている人たちは「陽キャ」と呼ばれるような、普段会う機会のないタイプの人たちだけど、みな人柄がよく、ただ話せるところが気に入っている。その日の担当者でない人たちも、私が髪を切ってもらっている間に、以前担当した際に話したことの続報を言いに来たりしてくれる。店長は一時期、「俺、ギャルになりたい」と金髪超ロングヘアーにしていたのだけど、やはり静かなる個性に至る思考の持ち主であることが通っているうちに徐々にわかり、詳細は不明だがこの人はフリーランスと理解されている私に、インボイス制度の準備をしているのかと心配して、丁寧に説明してくれた唯一の人である。

現在の私はこの店の人たちの日常や恋愛事情に詳しく、店の備品の値段まで知っている（聞き出したわけではなく、会話の蓄積でそうなった）。向こうも向こうで私の趣味などを把握しており、特にBTS好きな人物であると全員に認識されているため、ある時、K－POPがかかっていた店内のBGMが途中からさりげなくずっとBTSになっていたのには愛を感じた。これまでにない関係性が構築できているので、これからも通うだろう。

（『世界』二〇二四年四月号　岩波書店）

公認「ビリヤニ女」

去年の夏、突如としてビリヤニにハマった。誰も興味がないかもしれないが、ビリヤニを食べてみようと思ったきっかけからはじめてもいいだろうか。

まず、私はパサパサした食べ物が好きだ。高校の頃、アメリカに留学していた際に寮で生活していたのだが、ほかにもアジア人の留学生が何人もいたために、食堂には炊飯器があった。炊飯器を開けると、もちろんふっくらとした白米ではなく、おそらくインディカ米らしい細長いパサパサしたごはんが炊きあがっていた。これに、同じく食堂にあった醬油《しょうゆ》と細切りチーズをぐりぐりとまぜて食べるのが大好きだった。これがパサパサを好きになったルーツである。

それから十何年が経過した去年の春、私は文学イベントの仕事でニューヨークに一週間ほど滞在した。ある日、通りを歩いていると、行列のできた「ＨＡＬＡＬ　ＧＵＹＳ」という屋台が目に入った。屋台の看板を見ると、チキンオーバーライスという食べ物で、サフランライスと上にのせてあるチキンやマトンをまぜて食べるものらしい。パサパサ好きとしては見過ごせず、食べてみた。思った通り口に合い、日本に帰ってからも、何度も食べたさで頭がいっぱいになった。

　そして問題の夏、住んでいる街にあるインド料理屋の看板になんとなく目をとめると、あの屋台で食べたパサパサしたおいしいものによく似た食べ物の写真があった。メニューの名前はビリヤニ。早速お店に入り、注文してみた。大好きなパサパサした色つきごはんとチキンをまぜて口に運ぶと、とうとう出会った、と感慨深い気持ちに襲われた。これはパサパサ界の頂点に君臨する食べ物である。

　あまりにも好きだったので週三ぐらいで通い詰めていると、ある時レジでインド人の店員さんにこう聞かれた。

「ビリヤニが好きになったんですか？」

　はい、すごくおいしいです、と答えながら、この店の人に私は「ビリヤニ女」として覚えられてしまった、としんみりした。

　その夏の終わり、私は仕事のストレスで逆流性食道炎のようなものにかかり、長い間思うように食べることのできない日々を送ることになった。ようやく今年の春ごろから体調が回復し、半年以上ぶりにインド料理屋でビリヤニを注文した。やっぱり最高にうまい。以前ほど頻繁ではないが、週に一度くらいの頻度でまた通いはじめた。そうすると、先日、同じ店員さんに再び聞かれた。

「ビリヤニが好きになったんですか？」

リセットされていた「ビリヤニ女」の公認が復活してしまった。少し恥ずかしいが、でもおいしいからいい。

（『神戸新聞』「猫の毛まみれのキーボード」二〇一六年五月七日）

一人で過ごす日常の素敵さ

一人で過ごしている人を見ると、心を惹《ひ》かれて、じっと見てしまう。

フランスのイラストレーター、ジャン＝ジャック・サンペの絵が私はとても好きなのだが、理由は、淡々と、充実した時間を過ごしている人々の姿が多く描かれているからだ。たとえば、大都会の片隅にある公園で日向《ひなた》ぼっこをしているカップルや、ビル群の一室でバレエを習っている女の子たち。引きの構図が多く、少し離れたところから、私たちは彼らの様子を見ることになる。

一人で過ごしている人たちの生活をとらえた絵もたくさんある。プールサイドでぱちゃぱちゃと水遊びをしていたり、朝ごはんを食べた後アパートの部屋でバイオリンの練習をしていたりする中年の男性。この世界には無数の人が存在していて、自分はその中の一人にすぎないのだけれど、サンペの絵を見ていると、それぞれに日常や大切な時間があり、その一つ一つがかけがえのないものだと伝わってくる。そして、人ってなんてユーモラスでかわいらしい生き物なのだろうと胸が温かくなる。

以前ネットで、ある女性の写真が話題になっていた。映画祭のレッドカーペットを見に来ていたおそらく七十代以上の彼女は、溢《あふ》れんばかりの周囲の人たちがみなスマートフォンで有名人の写真を撮っているなかで、ただ一人カメラを構えず、目の前の様子をただ楽しそうに眺めていた。この写真を見た時に、私はサンペの絵のようだと思った。

私はいつも、サンペの絵のような人々の日常の瞬間に、ときめいているのかもしれない。普段はよく、近所や隣町にある数軒のカフェで仕事をしているのだけど、そうして過ごしていると、一人でお茶をしている人たちの様子が素敵で、目が離せなくなることがある。

先日も隣町の、どちらかといえば若者向けのカフェで、こちらも七十代以上と思われる女性が本を読みながら、ゆっくりと過ごしている姿に惹かれた。総白髪をショートカットにした小柄な彼女は、人々が手をつないでいる模様のカラフルなセーターを着て、ほかはズボンも靴もすべて黒色にまとめていて、とてもおしゃれだった。

昨日は、住んでいる町の駅前にあるチェーンのカフェで、財布やポーチなど、自分の持ち物をテーブルの上に並べて、凝視している初老の女性を見かけた。彼女の持ち物はどれもかわいい柄がついていて、自分の持ち物の素敵さに見とれているように見えた。そして私は、そんな彼女の姿を目にすることができてうれしかった。何かを楽しんでいる誰かの生活の一瞬に遭遇できるのは、とても幸せなことだと思う。

（『神戸新聞』「猫の毛まみれのキーボード」二〇一八年二月三日）

子育てとホラー映画

少し前に、フランスのニースからドイツ・フランクフルト行きの飛行機の中で、高齢の白人男性の隣に座った。にこやかに話し、到着した後も、こっちから出た方が早いよ、と教えてくれる親切な人だった。ただ、飛行機に乗っている最中、私たちの席から離れた後ろの方に赤ちゃんがいたのだが、ぐずる声が聞こえてくるたびにその男性は苛立《いらだ》たしそうに振り返った。「まったく」とか小さな声で毒づきながら。この人はアジア人女性である私には優しいのに（アジア人女性相手だと横柄になる白人男性に、これまで何度か遭遇してきた）、赤ちゃんには厳しいんだなあと、なんとも言えない気持ちになった。

同じようなことは、意外とよく目にする。先週も、バスに乗っていたら、近くに幼稚園ぐらいの男の子が母親と一緒に座っていて、その子が時々笑い声を上げげた。たいした大声でもないし、ずっと騒ぎ続けているわけでもない。でも、またしても、前に座っている高齢男性は男の子と母親のいる方向をそのたびに振り返っていた。ファミリーレストランで、子どもの声がうるさいからと、席を移動した高齢の男女を見たこともある。私が遭遇したのは偶然お年寄りが多かったが、ＳＮＳで話題になっているのを見る限りでは、公共の場での子どもの声を苦々しく感じている人は、老若男女問わず多そうだ。

子どもが立てる音のする方向にそのつど振り向いてみせ、自分は迷惑しているんだとアピールする行為が、私にはとても凡庸に思える。なぜなら、赤ちゃんや子どもがうるさいのは人類としての大前提だからだ。「うるさい」という既知の事実をまるで新発見のように表明しても、なんの解決にもならない。

『クワイエット・プレイス』というホラー映画がこの秋公開された。この映画では、音を出したらとんでもなく恐ろしい存在に襲われるため、人間は音を立てないように静かに暮らしている。恐ろしい存在は音や声に過剰に反応し、飛んでくる。こういう状況下では、襲われても、音を出した側が悪いことになってしまう。登場人物である夫婦は、この世界でなんとか子どもたちを守って生き残ろうとするが、子どもが立てる物音や赤ちゃんの声は大人がコントロールできるものではない。奇妙な設定だが、まるで、公共の場での子ども連れの態度を監視する現代社会のようだった。自分たちが恐ろしい存在になっていないか、私たちは常に自問するべきかもしれない。


（『神戸新聞』「猫の毛まみれのキーボード」二〇一八年十一月十日）

「小花」君がいてもいい

今年の三月末に男の子が生まれた。「生まれた」と書いたが、それまでの私は、出産のことを、自分が「産む」行為だと思っていた。なので、世の母親たちが、「○月○日に子どもが生まれました」とSNSなどで報告しているのを目にしては、痛い思いをして産んだのは彼女たち自身なのに、「生まれた」とまるで自分から切り離した出来事のように言うことができるなんて、みんな大人だなあと漠然と感心していた。

けれど、いざ経験してみると、それはまさに「生まれた」だった。妊娠中もさまざまな不調や不快感に向き合ったし、無痛分娩とはいえ、十九時間かかった分娩は、医師が言うところの難産だった。しんどかったのは、大変だったのは、私だった。それでも自分の中から出てきた人は、「子」というより「個」と呼びたくなるような、すでに独立した人間で、こんなにしっかりとした存在が私の中にいたのだという事実が信じられなかった。なので自然と、「子どもの人」と呼ぶようになった。

知識と技術を総動員して全面的にサポートしてくれた医師や助産師の方々への驚嘆と感

謝も大きく、ますます私が「産んだ」とは思えなくなった。子どもを産んだことによって、自分が子どもを産んだことが逆に信じられなくなるという不思議な体験だった。そしてなぜ「生まれた」という表現が使われているのか、身をもって理解することができた。

さて、退院後に焦ったのは、子どもの名前を決めていなかったことだ。ネットで子どもの名前がまとめられているサイトにいくつも目を通しているうちに、性別によって使用頻度が高い漢字がまったく違うことに今更ながら気づかされた。つまり、良しとされる美徳が違うのだ。たとえば、「大」という漢字が使われているのはたいてい男の子の名前だし、反対に「小」という漢字がつくのは女の子の名前だ。その反対はほとんどない。女の子に小さくかわいらしく育つよう願う親はいても、男の子にそれを願う親はいないのだ。いたとしても、男の子に「小花」という名前をつけにくい雰囲気が社会にはある。

私は野の花が好きなので、好きな花の名前をつけられないかと少し思ったのだが、学校で名前をいじられている子どもの人の様子がぱっと頭に浮かんでしまった。小さくてかわいらしい男の子や、大きくて強い女の子がいてもいいはずなのに、世の中が理想とする男女の姿は長らく更新されていない。名前をつける瞬間から、性役割の決めつけははじまっているのだと少し恐ろしくなりながら、名前を考えた。

（『神戸新聞』「猫の毛まみれのキーボード」二〇一九年五月十一日）

はじまりが重なって

先日、東京の「緊急事態宣言」が解除されてからもしばらく閉館が続いていた近所の図書館が再開するというので、早速初日に行ってきた。一歳数カ月の子どもの人にとっては、はじめての図書館体験だった。

一歳を過ぎたあたりから、子どもの人が目に見えて絵本に興味を示すようになったので、もともと家にあった絵本を繰り返し読んであげていた。子どもの人の年齢に合わせて新たに買った絵本は十冊もなかった。

同じ絵本を何度も読んでほしがることもあり、本人は何も気にせず満足していたと思うが、私としては、新しい絵本を調達してあげたかった。ただ、最寄りの書店もずっと閉まっている状態。絵本は実際に中を確認してから買いたかったのでネットの書店に頼ることもできず、絵本を買いに行きたい、絵本を買いに行きたいと、頭の中で呪文のように唱える日々を二カ月間くらい過ごしていた。

そうこうする間に、書店がまた開店しはじめたので、子どもの人の健康診断で大きな駅に出た際に、ショッピングモールにある絵本専門店に、砂漠で泉を見つけた旅人のような心地で駆け込んだ。これもよく考えると、子どもの人にとってははじめての書店体験だった。

　これまではまだ幼いので一緒にお店で何かを選ぶということができなかったため、絵本を選びながら、私は静かに感動していた（とはいえ、本人はにこにこ見ているだけで、私が勝手に選んだのだが）。絵本数冊をレジに持っていきながら、買い物でこんなに充実した気持ちを味わったのはひさしぶりかもしれない、と新鮮な気持ちになった。

　そして、待ちに待っていた図書館の再開。家からほとんど出られなかった間に歩けるようになった子どもの人は、はじめはこわごわ図書館の床に立っていたが（最初の頃は、家の中だと自由に歩くのに、外に出ると怖がって固まっていた）、手を引いてあげているうちにすっかり慣れ、すぐに本棚の間を一人でどんどん進むようになった。

　まずは図書館で絵本を借りてみて、子どもの人が気に入ったものを後で買うことにしようと考えた私は、年齢的にちょうど良さそうな絵本をいろいろピックアップした。同じように児童書コーナーにやってきた子ども連れの女性たちが、「再開したばかりだから、今日は絵本が多いね」と話しているのが聞こえてきて、そうか、これは絵本がすべて戻ってきている状態なのか、すごく珍しいことかもしれない、とハッとした。

　日常の再開のはじまりと、子どもの人の経験としてのはじまりが重なって、なんだかとても心に残る出来事になった。

（『神戸新聞』「猫の毛まみれのキーボード」二〇二〇年八月一日）

梅の木と柿の木

私は数年前から家族と古い一軒家に住んでいる。家には通りからは見えない中庭があって、大きな梅の木がある。引っ越したのは春の頃で、内見ではじめて庭を見た時は梅の木だとは知らなかった。

引っ越してからしばらくして、二階の窓からなんとなく庭の木を見下ろしていると、いつの間にか小さな実がたくさんなっていて驚いた。それでもまだ何の実かはわからなかった。実がある程度大きくなった頃、気がついた。あ、梅だ。梅の木なんだと。幼少期から児童文学が好きな子どもだったので、緑深い庭に果物の実のなる木がある生活に憧れたりもしていたのだけど、それから何十年も経ち、まったく予期していなかった瞬間に梅の木が私の生活に現れた。私たちは興味津々で梅を拾い、庭の隅に立てかけてあった脚立に登って梅をもぎ、焼酎と氷砂糖を買ってきて梅酒を漬けてみた。次の年は、子どもが生まれたので、育児を手伝いにきてくれた私の母が、梅干しと梅ジュースをつくった。

ところで、梅の木の後ろには、梅の木より一回り小さい大きさの柿の木がある。この木もはじめは柿の木だと思っていなかった。秋になり、気がついたら、オレンジ色の実で木がいっぱいになっていたのだ。柿を好きな人間が家にいなかったので、柿は収穫されないまま、けれどどこからか現れたさまざまな種類の鳥たちが大喜びで最後の一つまで平らげていた。オウムのようなカラフルな色合いの鳥までやってきたので、スマートフォンで写真を撮った。

二年目、もうこれが柿の木だとわかっていたので、柿の実がなりはじめた頃に気づくことができた。固そうな緑色の実はつるっとしていて、へたの部分はさらに深い緑色をしていて、見とれてしまった。アマガエルみたいでかわいいなと考えた瞬間、強烈な既視感に襲われ、思い出したことがある。

小学校の低学年の頃、大好きだった絵本に『びゅんびゅんごまがまわったら』という作品がある。自然豊かな遊び場がある「かえでしょうがっこう」の子どもたちが、ある出来事によって閉じられてしまった遊び場をもう一度開放してもらおうと、新しく赴任してきた校長先生にかけあう物語だ。校長先生は昔ながらのおもちゃであるびゅんびゅんごまを子どもたちに見せ、これができるようになったら話を聞いてやるとにやりと笑う。子どもたちがこまを回せるようになっても、校長先生は回すこまの数を二つ、三つと増やしていく。もう無理と早々にギブアップしたくによの家には大きな柿の木があって、彼女はまるで「あまがえるのあかちゃん」のような小さな柿の実をつなげて首飾りをつくる。祖母に教えてもらった遊びだ。びゅんびゅんごまがうまくできなくたって、「こういう　あそびだって　あるんですからね。」という気持ちで、くによは校長室の机にその首飾りを内緒で置いておくのだ。

この絵本は、校長先生が子どもたちに一方的に遊びを教えるのではなく、子どもたちも負けじと遊びを校長先生に教えていくところが楽しいし、どのページを開いても林明子の絵に心から感嘆してしまう。林さんの描くつやっとした緑色の柿の実が私はとても好きだったのだが、あの頃は実際に、柿の実の「あかちゃん」を見たことがなかった。思いがけず、ようやく見ることができた。それはやはり、とても素敵だった。今、庭の柿の実は「あまがえるのあかちゃん」ではなくなって、つやつやの緑色は薄くなり、少しずつ暖かい色に変化しはじめている。

（『中日新聞』二〇二〇年九月二十五日）

彼女のいる薬局

三歳の子どもの人が、この春から保育園に通いはじめた。

そうなると、はじまったのが怒濤《どとう》の病院通いである。それまでは一度も熱を出したことがなかったのだが、保育園でたくさんの園児と触れ合うことによって、鼻水、咳《せき》、発熱を頻繁に繰り返すようになった。免疫をつくるうえで大切な過程だ。最初に発熱した時には、夜だったこともあって、夜間外来にタクシーで駆け込んだ。

コロナ禍と重なる今、これらの症状はコロナの症状と見分けがつかず、私がまだ一度も検査を受ける事態になっていない一方で、三歳の人はもうすでに何回もコロナの検査を受けている。保育園で園児や先生の陽性者が次々と出た、その同じタイミングで発熱したりするからだ。幸いなことに、今のところ毎回陰性であるのだが、体調不良であることには変わりがないので、その週は一週間家で過ごしている。三日間、三十八度の熱が下がらなかった時は、あまりにつらそうで、かわいそうだった。

こういった日々の中で、症状によっていくつかの病院に通っていると、調剤薬局にもよく行くようになる。耳鼻科の前にある調剤薬局には、眼鏡をかけた長い髪の女性が働いている。彼女は、最初に行った時から、子どもの人の名前をすぐに覚えてくれ、薬局が自ら用意している、電車やケーキなど、子どもたちが好きそうなアイテムのイラストをラミネートしたものを、どれがいい？　と選ばせてくれた。はじめの頃、電車が好きな子どもの人は、一つに絞ることができず、電車のラミネートを両手に握りしめたりしていたのだが、そういう時も、二つでもいいよ、と彼女はにこにこしてくれていた。そのうち、それなりに時間をかけて一つだけ選ぶことができるようになったのだが、その時間も、そっと待っていてくれる。

他にもその時々でおすすめの商品を紹介してくれたり、なにかと心づかいをしてくれたりする人で、彼女がいると、狭い薬局の中が、とてもいい雰囲気になる。すぐに、彼女のいる薬局に行けることが、耳鼻科に行く時の小さな楽しみになっていた。

もちろん、彼女がいない時もあるのだけど、その時は同じ店のはずなのに、まったく違う店になる。いい人ばかりのお店だけど、それでもあまりにも違うので、ベタな話になってしまうけれど、一人の人の力というか、一人の人の存在の大きさを改めて感じさせられる。この社会の中でどういう人でいたいかを、彼女を見ていると、自分もまた考えたくなるのだ。

（『神戸新聞』「猫の毛まみれのキーボード」二〇二二年八月八日）

誰のための美術館

夏の終わりに、三歳の子どもの人と一緒にはじめて美術館に行った。子どもの人も私も大好きな、ロングセラー絵本の原画展が行われていたからだ（その作家が手がけた他の絵本の原画も展示されていた）。美術館の前庭には、キャラクターのパネルがいくつも設置されており、子ども連れの家族がそれぞれパネルとともに写真を撮っていた。私も子どもの人とパネルの写真を撮りたかったのだが、動き回るので、記念写真的な落ち着いた写真はほぼ撮れなかった。中に入ると、また大きなパネルと一緒に写真が撮れるブースがあって、ここではさすがにじっとしてくれた。

さて、展示を見はじめて気になったのは、監視員さんの様子がこわいことだった。子どもたちが少しでも走り出そうものなら、さっと近づいてきて注意。絵は子どもの目線に合うような低い場所に設置されていないので、大人が抱き上げないと子どもたちは見ることができず、保護者に抱えられた小さな子が、絵の方に少しでも手を伸ばそうとしようものなら、背後からすっと忍び寄り注意。注意された親たちが「きびしいね」と小さく当惑した声で言ったのが聞こえてきた。子どもが絵に興味を持ったり、その場を楽しもうとしたりした瞬間に、監視員さんが鬼気迫る勢いで近づいてくる、という状況が周囲で何度も発生していて、その雰囲気が、原画のかわいさ楽しさとちぐはぐに思えた。

また、絵本の原画なのに、子どもが見られる高さにないことに、私は改めてしみじみと驚いた。大人も絵本で育っているし、大人になっても絵本を好きな人もいるけれど（私だってそうだ）、今まさに絵本を楽しんでいる子どもたちの目線に合わせていないことの不思議に、実際に自分の子どもと来るまで私は気づけなかった。

もちろん原画は大切なものだけれど、すべて額装され、ガラスで守られていた。あそこまで、もう一瞬も許さない、とするあの無表情の態度は、子どもたちが大好きな絵本の絵を見る絶好の機会において、果たして〝正しい〟のだろうか。ここから絵に興味を持って、また展示に行こうと思う子がいるかもしれないし、幼い頃から絵に触れることは、豊かな心や社会を育むことにもつながる。美術館は怒られるしこわいし楽しくない、と苦手意識を持つ子だっているだろう。注意するにしてもやり方があるし、もうちょっと雰囲気づくりを考えてほしかったと思う。

表向きだけ子ども向けを演出しても仕方がない。あの場所は誰のためのものだったのだろうと、いまだに時々思い出しては、不条理さを感じている。

（『神戸新聞』「猫の毛まみれのキーボード」二〇二二年十一月五日）

「女言葉」「男言葉」への対策

ある時、子どもの人を保育園に送っていくと、同じ組の男の子が、女の子の姿をしたお人形で遊んでいた。いいな、と思いながら見ていると、そのお人形を動かしながら、その子がアフレコしている言葉が耳に入ってきた。

何を言っていたか細かいことは忘れてしまったのだが、私が驚いたのは、語尾が「〜だわ」「〜なのよ」という、いわゆる「女性語」「女言葉」と言われるものだったことだ。子どもの人は三歳半頃まであまり言葉が出てこないタイプだったので、その男の子が見事に操った「女言葉」に感心しつつ、しかし、こんなにも早い段階でこれを学んでしまうものなのか、と改めて考えさせられた。

というのも、今、自分が小説を書いたり、翻訳をしたりするうえで、気をつかうことの一つが、語尾だからだ。特に、海外文学を翻訳している最中、常に悩まされるのが、この「女言葉」だ。女性が現実ではもうそんなに使っていなくて、あまりにもベタな「〜だわ」「〜なのよ」などは、できるだけ避けたい。違和感があるし、女性はこういったおしとやかな、女性らしい話し方をするものだ、といったステレオタイプや固定観念を再生産、または強化してしまう側面があるからだ。

そこで、可能な限り使わないようにするのだけれど、まったく使わないと、文章が逆に不自然になったり、無機質になってしまったりすることもある。数人の会話文などの箇所では、使ったほうが、誰が話しているかわかりやすいヒントになったりもする。なので、「女言葉」すぎず、しかしなんとなく伝わるような語尾を模索している。一方、「男言葉」は、「〜だぜ」とか使わなくてもなんとかなるので、あまり困らない。

冒頭の男の子も、同じ組の女の子たちや先生たちはそんな話し方をしていないし、女の人がそういう話し方をすると本当に思っているわけではなくて、ただフィクションの女の子のイメージで、アフレコをしていたのだと思う。でもそのイメージがすでにその子の中にあるのは、目に触れる絵本やアニメなどなど、あらゆるフィクションがそのイメージをつくり続けているからではないだろうか。

最近も、子どもの人に新しく買った絵本に出てくる母親ねずみの話し方がまさに「女言葉」だったので、昔の絵本なのかなと奥付を見たら、その月に出たばかりの新刊だった。読み聞かせで「女言葉」「男言葉」が気になった時に、ニュートラルな語尾にとっさに変えて読む能力を日々鍛えている。

（『神戸新聞』「猫の毛まみれのキーボード」二〇二三年二月四日）

こわがりはいいこと

今年四歳になった子どもの人は、いろんな物事をこわがる。虫をこわがるし、家の猫をこわがる。こちらからすると、え、そんなことを、と思ってしまうようなことを、こわがる。たとえば、ある百貨店の屋上に、上にのってぼんぼん飛び跳ねることのできるバルーンの小山のような遊具があり、それで遊べる年齢になったので、数百円を払い、中に入った。そこまではノリノリだった子どもの人の顔は、上にのってしばらくすると強張《こわば》りはじめ、降りたいとぐずりはじめた。揺れがこわかったらしい。ママがすぐ横にいるから大丈夫だよ、と言っても、もういやだと聞かないので、降ろしてあげた。その後は交代の時間まで、バルーンの上で楽しそうに遊んでいる他の子たちを下から「応援する係」として、「がんばって！」と声かけをして過ごしていた。

子どもの人は男の子なので、今でも廃れていない昔ながらの価値観でいうと、こわがることはマイナスとして働き、勇敢であることのほうが評価されるだろう。「男の子なのに」「男の子だから」というフレーズを浴びてしまうこともあるかもしれない。

でも昔から不思議で仕方がないのだが、男の子が何かをこわがって何が悪いんだろう。むしろ私は、子どもの人がこわがっているのを見ると、ホッとする。何かしらの危険に対する危機意識がちゃんと働いていることがわかるからだ。それに、以前はこわがっていてできなかったけれど、今は克服した物事もいくつもある。成長するにつれて、こわくない、大丈夫と本人が実感し、どこか安心してトライすることができるようになったようだ。それでいいし、そういう瞬間までこっちも待てばいい。

子どもの人は電車と料理が好きだし、セボンスターのキラキラしたネックレスを「かわいい！」と言って、大切に首からさげて外出する。〝男の子のおもちゃ〟も〝女の子のおもちゃ〟も関係ない。一緒に暮らしていると、いまだ世の中に溢れる、あらゆる人を縛る「〜なのに」「〜だから」といった社会規範や固定観念は、本当に後づけのもので、生まれつきのものではないと日々感じている。後づけなのだから、我々の意識や社会が変われば、そういった社会規範や固定観念を薄めたり、なくすことだってできる。そうすれば、社会が定めた〝普通〟にフィットすることができず、生きづらさを抱えた人たちが少しでも生きやすい世の中になるはずだ。

そう、信じたい。

（『神戸新聞』「猫の毛まみれのキーボード」二〇二三年五月六日）

いそがずに生きることは

岸田衿子の詩集に『いそがなくてもいいんだよ』という一冊がある。本のタイトルにもなっている言葉は、その中の詩の一つ「南の絵本」に出てくるフレーズだ。「いそがなくたっていいんだよ」ではじまるこの短い詩は、「ゆっくり歩いて行けば　明日には間に合わなくても　来世の村に辿りつくだろう」と詠《うた》い、「いそがなくてもいいんだよ　種をまく人のあるく速度で　あるいてゆけばいい」と終わる。読んだ人の心から焦りを取り除く、とても優しい、穏やかな気分になる詩だ。

この詩に出会ったのはおそらく十代の頃だった。それからの何十年間、私の頭の中で、「いそがなくてもいいんだよ」という言葉は何度も、何度も鳴り響いてきた。仕事をがんばりすぎそうになる時、自分がやっていることはこれでいいのだろうかと確信が持てない時、この言葉を思い出すと、力が抜ける。

私は今、アメリカの女性作家の短編集を翻訳している。小説を書くこともちろんそうだが、翻訳は地道な作業で、本一冊分を翻訳するとなると、時間がかなりかかる。その過程で、焦ってしまいそうになるたびに、「いそがなくてもいいんだよ」の一言が、私のペース配分をしてくれているように感じる。

いそがない、のはとても大切なことなのだと、特に、世界でまた一つ戦争がはじまってしまった今、改めてそう思う。いそぐこと、大きな成果をあげること、勝つことがえらいとする価値観は、長い時をかけて、私たちの日常、そして社会の中に浸透してしまっている。その価値観を壊すことができれば、いそがずに生きられる世界にすることができれば、競争も争いももっとずっと減るはずだ。

最近私は、水凪トリの漫画『しあわせは食べて寝て待て』を楽しみにしている。主人公の三十代の女性は、大きな会社でバリバリと働いていたけれど、膠原病《こうげんびょう》になったことで自分の生活を見直すことになる。それまでの仕事を辞め、無理をしないために週四日のパートに落ちつき、家賃五万円の団地に引っ越す。はじめは落ち込んでいた彼女は、その小さく、ゆっくりになった新しい生活の中に喜びを見つけていく。

正社員として働くことができなくなった独身女性の経済的な不安にもしっかりと触れていて、とても誠実な作品だ。高齢女性、引きこもり生活をしている男性や家庭に居場所のない女の子など、いそいで生きることができない人々がゆるやかにつながり、日々を営んでいる。いそがずに生きることは平和につながると、私は信じている。

（『神戸新聞』「猫の毛まみれのキーボード」二〇二二年五月七日）

何も思いつかない

旅に出ると、ほとんど何も思いつかない。

特に意識してそうしているわけではないのだが、いつの間にか、目も、心も、見ることに忙しくなってしまうからだ。

国内の旅行でもそうだ。

その時、いくら締め切りがあったとしても、移動中、私は新幹線や電車の中で仕事をすることができない。外を見てしまうからだ。同じ風景を何度目にしていてもそうなってしまう。十代の頃は、電車の中で本を読むことが好きで、通学の時も、時々電車をわざと乗り過ごして、そのまま本を読み続けた。そうやって読んだ文庫本や図書館の本のことは、いまだにいい思い出だ。行きは右側に海、左側に山、帰りはそれが逆になった。

でも、いつの頃からか、本も読めなくなった。なぜかやっぱり外に気を取られてしまうのだ。

そういう訳で、海外に行くと、その癖がさらに加速して、ますます見ることに集中してしまう。旅行中に経験したことや見たことは自分の中にしっかりと記憶されていくのだが、そこからすぐに何かを思いつく余裕があまりないのだ。

数年前、ロンドンの北東にあるノリッジの街で、ライターズ・イン・レジデンスに呼んでもらった。部屋と滞在費は用意するから、一カ月の間、小説を書いたり、翻訳をしたり、好きにしていいよ、というありがたいプログラムだ。

一応小説を書きに来たのだし、さすがに一カ月間もあれば、私の気持ちも落ち着き、新しい環境が日常になり、仕事に集中できるだろうとたかを括っていたのだが、まったくそうならなかった。

中世の街並みが残るノリッジは、小さくて素敵な街だ。私は毎日外に出て、いろんな場所に歩いて行った。用意されたアパートメントの中にいると、外に街があるのに！　とそわそわしてしまい、またふわふわと街に出た。

もちろん小説も思いつかず、このままではただ歩き回りに来た人間になってしまうと思い、慌てて翻訳をするようにした。同じレジデンシーに韓国の作家さんも二人参加していたのだが、二人は滞在期間が二カ月で私より前に現地入りしていたので、さすがに少しは小説も書いているようだった。自転車を借りて遠くまで行ってみていると言っていて、二カ月いると行く距離も遠くなるなと感心した。

また、私はどの土地に行っても、とりあえず『ポケモンＧＯ』を起動するタイプの人間だ。この話題で名前を出されるのも嫌かもしれないので名前は書かないが、作家さんの一人も『ポケモン GO』をやっていて、彼女は私よりも熱心だった。ノリッジはこぢんまりとしている中に、名所やお店がぎゅぎゅっと詰められたような街で、つまりポケストップが多い。歩いていても、明らかに『ポケモン GO』をしている人たちが目に入り、いろんな場所で何度もすれ違うグループもいた。帰る直前、インド料理のレストランでのディナーでも、「この街は『ポケモン GO』をするためにつくられたような街だ」と私と彼女が熱っぽく語るのを、ライターズセンターの担当者ケイトさんと、同じくレジデンシーに参加していた翻訳家のポリー・バートンさんが真顔で聞いてくれ、

「この街、『ポケモン GO』してる人、めちゃくちゃいますよ！」

「どうしたら、そのゲームをしている人かわかるの？」

「会話を聞いてたらわかる。あと、充電器のコードをiPhoneに付けてる人もそう、すぐ充電がなくなるから」

などという会話で、最後の夜は深《ふ》けた。

国際文芸フェスティバルに呼ばれて行ったインドネシアでは、暑い時はかばんを持つな、という重要な人生の知恵を、ジャカルタの街から学んだ。熱がどーんと体にのしかかってくるような暑さで、数時間ほど外出してホテルの部屋に帰ってくると、体中がびしゃびしゃになっており、服が足りず、洗面所の備えつけのボディソープで必死に服を洗った。何

度か街に出るうちに、そういえば、みんなほとんど手ぶらだなと私は気づいた。確かに、歩いているだけで熱のリュックを背負っているようなものなのに、そのうえ実際のリュックを背負うなんて、重いかばんを持ち歩くなんて、無理がすぎる。あれ以来、夏になるたびに、ジャカルタの街を思い出し、どれだけ持ち物を減らせるかが肝だと念じながら、身支度をしている。

こんな感じだと、私の海外での滞在がまったく創作に結びつかないように思われるかもしれないが、そうでもなく、何事も私の中で熟成期間が必要なのだと思う。その場から遠く離れ、何年も経ち、ふとある瞬間、記憶の断片が小説になることがある。なので、あらゆる場所のあらゆる記憶と思い出を、私の中で大切に保管し続けている。

（『新潮』二〇二一年九月号　新潮社）

言葉の〝幅〟を楽しんで

四歳の子どもの人と暮らしていると、言葉の可能性と面白さに改めて気づかされる。たとえば、ある日、子どもの人が魚を食べようとしている時に、骨に気をつけてね、と声をかけると、「歯で検索するからだいじょうぶ」と返答があり、その言葉のセレクトに、その場にいた大人たちみんなで笑ってしまったことがある。でも、iPadなどで好きな動画を出して見ることに慣れている子どもの人にとっては、歯（と舌）で魚を触って調べて、骨があったら出す、という行為は確かに「検索」そのものだし、その言葉の使い方を新鮮に感じた。

私は小説を書くことだけじゃなく、英語の小説を翻訳する仕事もしているのだが、どちらの作業においても、言葉の〝幅〟を探ることがとても重要だ。言葉の〝幅〟というのは、何かを言い表す際にぴったりな言葉を見つける過程で、少しずらした言葉を使ったほうが、表現の面白さが生まれたり、そのほうがより伝わったりするのだけれど、どこまでの〝幅〟ならば、逸脱しすぎずちょうどいいかを意識しないといけない。そのバランスを常に気にかけながら、書いたり、翻訳したりしている。

特に翻訳はその意識が大切で、小説の中で使われている単語を辞書で引いても、載っている日本語が〝正解〟だとは限らない。辞書の訳語をヒントにして、そこから言葉の〝幅〟を探って、ぴったりくる言葉まで辿り着かなければならない。その過程がまるで脳のパズルのようで、私は好きなのだ。

子どもの人の「歯で検索するからだいじょうぶ」は、まさに言葉の〝幅〟としてドンピシャの表現で、違うよ、そういう時はこう言うんだよ、と教える気にはならなかった。子どもの人自身がたくさんの言葉に触れていくうちに、この言葉とこの言葉は同じ〝幅〟の中にあるんだなと、わかっていったほうが断然楽しいと思うからだ。

（『母の友』二〇二三年十月号　福音館書店）

時々、外に出ていこう

今年の三月の終わり、タイに行った。私の連作短編集『おばちゃんたちのいるところ』（中公文庫）のタイ語版が刊行されたことがきっかけで、バンコクの国際ブックフェアで行われるイベントなどに招聘《しょうへい》してもらったのだ。

その頃の私は翻訳書と自分の小説の文庫化の作業で、かなりスケジュールが厳しかったのだけど、どうしてもタイに行きたくて、渡航の前日までバタバタで仕事をこなしていた。当日、なんとか飛行機に乗ることができ、六時間後、私はバンコクにいて、ホテルの部屋に一人いた。私の心と体が「これだよこれ‼」と叫んでいて、忘れていた感覚が蘇《よみがえ》った。

その感覚は、一人でいること、一人で旅をすること、だ。

よくよく考えてみたら、それは五年ぶりの海外旅行だった。この五年間は、妊娠↓出産↓育児という怒濤の日々だったし、さらにその途中からコロナ禍が日常におおいかぶさってきた。私の毎日は自然と狭い範囲となり、三十九歳で出産したこともあって、体の回復にも数年かかっていた。育児と仕事でいっぱいいっぱいで、不安だらけだった。なので、去年までは、海外の文学関係のイベントへの登壇の打診があっても、子どもの人がまだ幼すぎることや、コロナ禍での各国の状況がよくわからないことも気がかりだし、引き受ける元気が出なかった。

子どもの人が四歳になり、渡航の制限が緩和された今年になってようやく、私はまた「外に行ってみたい！」と前向きになれた。

タイにいたのは一週間にも満たなかったけれど、滞在中に出会った方々と楽しい時間を過ごすことができた。特にタイ語版の翻訳者であるミーンさんが、あれよあれよという間に彼女の友人たちの輪に私を入れてくれて、夜のマクドナルドで、みんなでおしゃべりをしたことは忘れられない。ミーンさんのお友だちの車に乗って、流れていく景色をシートベルトの壊れた後部座席から眺めながら、思った。時々、外に出ていこう。

（『母の友』二〇二三年十二月号　福音館書店）

「乗せ」の技術

私は日々、子どもの人を乗せることに心を砕いている。乗せる、というのは、その気にさせる、ということだが、冷静になって考えてみると、子どもの人を乗せ続けて一日を過ごしている、といっても過言ではない。その日その日で何にいやいや反応を繰り出すのかわからない子どもの人に負けじと、こちらはその都度「乗せ」の技術を磨いている。

服装や靴にこだわりの強い子どもの人は、一時期、朝の身支度のたびに何かといやいやモードになっていた。一緒に選べる時はできる限り本人の趣味を尊重するのだが、靴が次々とサイズアウトしていくことに怯《おび》えた私は、ある時、オレンジ色のスニーカーをネットで買った。安くなっていたからだ。朝、玄関で見慣れぬオレンジ色の靴を目にした子どもの人は、はきたくないとぐずりだし、私は反射的にこう言っていた。

「え、でもこれ……おしゃれだよ……?」

子どもの人はスッと一瞬沈黙すると、「はいてみる!」と立ち上がり、スニーカーに足を入れた。

そして、「見てみる！」と全身鏡に自分の姿を映し、「おしゃれだ〜〜〜」とニッコニコの表情で保育園に出かけていった。これは子どもの人の、わりとお調子者、という性質を利用した作戦だったのだが、見事に成功し、味を占めた私はその後も何度かこの作戦にお世話になった。

とはいえ、我々大人が一方的に子どもの人を乗せているわけでもなく、その逆もある。

今年の六月、オックスフォード大学に呼んでもらい、家族でイギリスで二週間過ごした。帰り、ロンドンからの十四時間のフライトを終え、へとへとになりながら空港からのバスに乗り込むと、窓に雨が打ちつけはじめた。「あー雨降り出しちゃったね」思わず大人たちが力なくつぶやくと、子どもの人は「え……花咲くじゃん！　木も育つじゃん！」と何事もなさそう。まだ雨の日を面倒だと思っていない子どもの人は雨が好きなのだ。我々を元気づけようとしたわけではなく、ただ子どもの人にとっての事実を述べただけの一言だったけれど、なんだか元気が出た。これからも乗せ合っていきたい。

（『母の友』二〇二四年一月号　福音館書店）

十歳になった猫

私の猫はグールドという名前で、今年十歳になった。十歳。私にとって、これは信じられないほどうれしいことだった。グールドがまだ生まれて数カ月、私の手のひらにおさまるくらい小さな頃から、私たちは一緒に暮らしはじめた。ふわふわと頼りなかった体はみるみるうちに大きくなって、穏やかで甘えん坊な性格になった。

三歳七カ月の頃、グールドが部屋の隅でうずくまっている様子に異変を感じ病院に連れていったところ、腎不全を発症したことが判明し、それ以来、慢性腎不全とともにグールドは生きている。あの頃の私は、十歳になったグールドが想像できなかった。だから本当にうれしいのだ。

毎日の投薬と自宅での皮下点滴を欠かさなければ、グールドは健康な猫と同じように過ごすことができる。皮下点滴をお家でもやってください、とはじめに獣医さんに言われた時は、自分で猫の背中（の皮）に針を刺すなんて絶対無理！　と怯えたけれど、慣れれば大丈夫だった。毎日グールドに点滴をしていると、自分自身が病院で採血される時も、自分だって猫にやっているんだから耐えようという気持ちになったりする。この前は、病院で使われている針が、私が猫に使っているのと同じ翼状針でなんだかおかしくなった。投薬も、うちの猫にどれだけ上手に投薬できるか大会みたいなものがあったら、優勝できるんじゃないかと思うほどうまい。とはいえ、投薬ができないくらいにグールドが暴れたり嫌がったりしないでいてくれるから、うまくできている。

動物と暮らすには、当たり前だけど、しっかりと面倒を見ないといけない。人間同士でもそうであるように、動物と日常をともに続けるには、健康だったとしても絶え間ないケアが不可欠なので、それが億劫《おっくう》な人は動物と暮らさないほうがいいように思う。あと観察することがとても大切だ。

私は猫としか暮らしたことがないので猫の話をするけれど、猫は人間の言葉を話すことはできないが、行動やしぐさから我々が感じとれることも多い。

数カ月前、後ろ足を妙に蹴るようにしているので、しばらく見ていたのだが、やはりどうも様子がおかしい。すぐにかかりつけの動物病院に連れていくと、検査をしてくれて、膀胱炎になっていることがわかった。その場で注射をしてもらい、完治したのだが、同じように突然後ろ足を蹴る症状が出た母の家の猫は急性の心臓病で亡くなった。いつ何が起こるかわからない。グールドが腎臓病を発症した頃に、生まれつきの腎臓の発育不良だとわかったものの、もっとよく見ていればはやくに気づくことができたんじゃないかという後悔はずっとある。何かあった時にすぐに動けるように心構えしておくことが大事だし、病気にまつわる知識などもある程度は学んでおいたほうがよいこともある。ネットはこわいことが書かれているので不安にさせられることも多いけど、なんだかんだ症状をぱっと調べられて助かる。

昨年我が家にメンバーが増えた。子どもの人ははじめ力の調節ができず、グールドの背中をぎゅっと、ありったけの力でつかんで嫌がられたりしていたが、一歳半になった今では優しくなでてあげられるようになった。以前は子どもの人が近づいてくると明らかに逃げていたグールドも、少しずつ警戒を解いているように見える。子どもの人は大人がしているのを見て覚えたらしく、グールドのドライフードをお皿に出してあげたりするようにもなった。この調子で仲良くなってくれたらうれしい。

困ったのは、コロナ禍によって、グールドの飲み薬が手に入らなくなってしまったことだ。はっきりとした理由はわからないが、獣医さんが言うには、工場での生産がストップしたか、制限がかかっているらしい。少なくとも来年までは入荷がないと言われている。ついでに、皮下点滴の針の消毒に使っていた消毒綿も一時期はお店から消えてしまったので、我が家でコロナ禍の影響を最も受けたのはある意味で猫である。

長年使ってきた、グールドにも合っているようだった薬が手に入らなくなったことで私は少し落ち込んだのだけど、今は同じような効果のある別の薬を飲ませている。これで問題ないことを願っている。今回の件で、薬一つをとっても、何げない日常は、たくさんの人の手によって可能になっているのだなと痛感させられた。これからもいろいろなことがあるだろうけれど、その時々でできることをして、グールドとの生活を守っていきたいと思っている。

（『ＥＬＬＥ』二〇二〇年十二月号　ハースト婦人画報社）

母と作ったクッキー

小さな頃は、母がよくお菓子を作ってくれた。マドレーヌやプリンに、ババロアやゼリー。ヨーグルトケーキやオレンジプリンなどもあった。どれも本当においしくて、母がお菓子を作りはじめると、わくわくした。かき混ぜるくらいなら私にもできたので、時には、一緒に作ることもあった。一緒に作ったお菓子のなかで、特に好きだったのはクッキーだ。

クッキーを作ることになると、母と私は材料を量り、テーブルの上に準備する。量ると言っても、マーガリンはまるごと一箱、薄力粉も一袋全部使うので、実際に計量が必要なのは砂糖だけだ。四姉妹の子どもがいて、日々大量のお菓子を作る友人の、「いかに量らないか」という姿勢から母は学んだそうだ。卵は二個。細かい計量がないので、幼い私にもお菓子作りに対する苦手意識が生まれなかった。この簡略化された、言ってみれば雑なレシピのおかげで、日常的にお菓子を作ることのない現在の私が（料理でさえ危うい）、このクッキーの作り方だけは、唯一今でも覚えている。

まず、柔らかくしたマーガリンを混ぜ、卵を入れてさらに混ぜる。どこかのタイミングでヴァニラエッセンスも垂らす。それから薄力粉を少しずつふるいでふるって、たねを作っていく。私は粉をふるう作業が好きだった。ボウルの中に粉が雪みたいに降り積もっていくのがきれいだと思ったし、早く落ちるようにスプーンで粉をさくさくと混ぜる時に、スプーンの先端がふるいの底に触れ、ざらざらとした感触がするのも良かった。ちょっと楽器みたいな音がした。

たねができると、その三分の一ぐらいを使ってココアパウダーを混ぜ込んだバージョンも作る。それからラップにくるみ、冷蔵庫で少し寝かせた。

私は焼く前の、このたねの状態がなぜか無性に好きで、そしらぬ顔をして、何度も口に運んだ。もうこの状態のままでもいいんじゃないかと思ったりしていた。なので、冷蔵庫で寝かしている間も、たねをつまみ食いするために、幾度となく冷蔵庫の扉を開け、怒られた。

たねが再び冷蔵庫から取り出される時、ここからが一番楽しい。皆そうだと思うけど、クッキー作りの醍醐味は、型で抜くことにあるからだ。ハートや星に木や家、動物に人形。私と母はいろんな型で抜きに抜いた。今思い出しても、アドレナリンがどっと出る楽しさだった。クッキーはいっぺんに大量に作るのがいい。自分は今働いているのだと錯覚できるのがいい。クッキーを作っている時の私は、脳内クッキー屋を経営していた。頭の中で、私の店は行列ができるほど繁盛していた。

　また、アメリカに住んでいる親戚がお土産でくれた、絞り出し式のクッキー型のおかげで、さらなる大量生産が可能になった。これは、ホイップクリームの絞り袋に似ているのだけど、絞り口のところに小さい型を取りつけることができるのだ。長く絞るほど、クッキーも長くなる。波々としたラインが内側に刻まれた型で絞ると、毛虫みたいなかたちになるのが面白かったし、食べた時の歯ごたえも気に入っていた。小さな星のかたちのクッキーを無数に生み出すこともできた。クッキー屋を営む者としてはうれしい限りだった。

　クッキーを焼きはじめると部屋全体がいいにおいになる。できあがったばかりの、まだ熱いクッキーを早速口に頬張ると、あまりにおいしいので、毎回心から驚いてしまう。すぐにこんなに食べていてはなくなってしまうと思うのだけど、どうしても手が止まらない。焼きたてのクッキーって本当に特別だ。少し冷ましたクッキーを大きな缶に収めて、私のクッキー屋業務は完了するのだが、それからは缶が空っぽになるまで、毎日クッキーを食べることができる至福の日々だった。

　この幸せなクッキーの思い出のおかげで、私は今もクッキーが大好きだ。でも、なかなか、あの頃の素朴さをたたえたクッキーが見つからない。わかっている。自分で作れば早いのだ。でもなかなかそうもいかず、フラストレーションを抱えていたら、ある日、ある編集者さんが「山本道子の店」のマーブルクッキーをくださった。

一口食べて、これは！　と感動した。やさしくて、素朴な味わいが、小さな頃に食べたクッキーを思い起こさせてくれた。あまりにも私が感動したため、同じ編集者さんがまた送ってくださった。いつか自分で買いに行きたいと思っている。

（『3時のおやつ　ふたたび』二〇一六年二月　ポプラ文庫）

増えていく銀座の思い出

兵庫県に住んでいた十代の頃、市川準《いちかわじゅん》監督の『つぐみ』という映画が好きで、繰り返し見ていた（原作ももちろん大好きだ）。この映画は、タイトルバックの前に、銀座の街が出てくる。海辺の街で育った、現在は東京で大学生活を送っている、語り手のまりあの登場シーンだ。まりあは母と銀座の街で待ち合わせをし、名画座で一緒に『二十四の瞳』を見る。終映後、「高峰秀子《たかみねひでこ》よかったねえ」と感想を言いながら映画館を出てきた母娘は、「あ、海のにおい」と立ち止まる。ここから、「よくくるこの街では、風向きによって、ふいに潮の香りがすることがある」とまりあのモノローグがはじまる。

「そんな時、私は手に抱えた、山野楽器やプランタンの袋をかなぐり捨てて走って行き、潮のこびりついたあの汚い堤防に立って、心ゆくまで、海のにおいをかぎたくなる」

まりあの言葉とともに、カメラは銀座の街を浮遊するカモメのように、三越、シネパトスと移動し、海に向かっていく。私の最初の銀座の思い出は、この一連のシーンだ。

私が銀座にはじめて行ったのは、おそらく大学生の頃だ。まりあと同じように、私も母と一緒だった。関西に住んでいた二人がどうしてあの時銀座に行く用事があったのか、私は覚えておらず、電話して聞いてみたのだが、母も覚えていない。だから、なぜだかよくわからないのだけど、とにかくその日、私と母は銀座にいた。

一番心に残っているのは、教文館だ。雑誌で紹介されているのを見たのだと思うが、私はどうしても教文館にある、児童書専門店のナルニア国に行きたかった。実際にビルに足を踏み入れると、レトロな階段や、専門書のお店の渋さにも感動した。もちろんナルニア国で児童書を買い、下のお店エインカレムでシールなど小物を買ったことを覚えている。

これも私が行きたがったのだが、銀座千疋屋にも行った。りんごのかたちをしたコースターを持って帰った。ほかはどこに行ったのか思い出せないのだが、ふらっと歩いていたら、山野楽器やプランタンの前を通りかかり、『つぐみ』に出てくる場所だと驚いたことは忘れていない。

二十代の終わりに、私は東京で暮らしはじめた。今は書く仕事だけで生活しているが、はじめの頃は派遣会社に登録していた。派遣先が有楽町だった時は、仕事の終わりによく銀座に寄った。銀座通りの広さが好きで、歩いているだけで気分転換になった。不思議なもので、あの広さにはいつまで経っても慣れることがなく、行くたびに、広い！　と毎回感動してしまう。

ある職場で、女性スタッフだけで楽しんできなさいと、男性上司がランチ代を出してくれたことがある。私はなにも考えていなかったのでいつもどおりの服装だったのだけど、ほかの女性スタッフの多くは、普通の日よりおしゃれをした服装で職場に来ていた。仕事中はみな制服姿なので、花柄のスカートやストールなど、華やかな服装をしている彼女たちを見るのは楽しかった。そういえば、レストランはプランタンの中にあった。

銀座通りに面した小さなビルの中にある小さな会社に、校正の仕事で短期的に通ったこともある。昭和っぽさの残る、いい意味で地味な職場で、同じ並びにあるZARAやH&Mなど、ファストファッションのお店に休憩時間に入ってみては、ギャップをおもしろく思った。今でも、その会社の入っているビルの前をときどき通りかかることがある。あの時は当たり前のように毎日通ったのに、今入ろうとしたら不審者なんだなあとちょっと残念な気持ちになる。でも、あの小さなビルに通った日々の思い出があることがうれしい。

派遣されることもなくなった最近では、映画や美術の展示などで銀座にくることが多くなった。資生堂ギャラリーにはわりとよく足を運ぶ。ある時、有名な美術家が勢揃いした合同展示を見ていると、大学生ぐらいの女性が、係の人に「ここで展示をするにはどうしたらいいですか？　どうしてこの人たちはできることになったんですか？」と聞いていた。大まじめな顔の彼女からは若さがほとばしっていて、いいものを見たと思った。

和光や三越に面したＲＩＣＯＨのギャラリーのガラス窓から、外を眺めるのも好きだ。和光の建物の時計を見ると、怪盗が時計の針にしがみついていそうだなと思う。ビルや電光看板を見ているだけで楽しい。なかでも好きなのは、エスビー食品の赤い電光看板だ。黄色い「S&B」の文字と、白い「スパイス&ハーブ」の文字で、緑色のハーブのイラストが挟まれている。はじめて見た時にすごく気に入ってしまって、思わず看板の絵をメモ帳に描いて帰ったくらいだ。今回、このエッセイを書くために、『つぐみ』の冒頭シーンを見返したら、このエスビー食品の看板が映っていたので驚いた。何度も見ているのに、はじめて気がついた。

そして、今回もう一つ気がついたことがある。母娘が『二十四の瞳』を見た銀座文化は、現在はシネスイッチという名前になっている。私は東京に来て、二人と同じ映画館で映画を見ていたのだ。

母娘といえば、私が東京に来てからは、母と銀座に行くことが増えた。今はもう異動したが、松屋銀座のコスメカウンターで従姉《いとこ》が働いていた時期があったので、何度か二人で顔を出したことがある。三越のラデュレの、窓際の席でお茶をした時は、向かいのビルの街頭テレビがチカチカとずっと目に入るので、なんだかちぐはぐな気持ちになった。

最近は、歌舞伎を見にいく母についていくことがたまにある。そういう時は、千疋屋でサンドイッチを買って、歌舞伎座まで歩いたりする。あまり銀座に詳しくないままだが、自分たちなりに銀座を楽しんでいる。これからも、銀座の思い出は増えていきそうだ。

（『おしゃべりな銀座』銀座百点 編　二〇一七年　扶桑社）

II

「当たり前」の痛みにさよなら

「お忙しいみたいで」

（1）ある時、十年以上ぶりに会う機会があった学生時代の先生が、「いやー、お忙しいみたいで」と冗談めかした調子で私に言った。実際忙しかったので、「はい、忙しいです」と返すと、相手は、あれっという表情をして、一瞬黙った。

（2）ある時、初対面の編集者さんが、「ぼくは十年以上〇〇さん（有名な作家さんの名前が入ります）の担当でー」と誇らしそうに私に言った。私が「そうですか」と返すと、相手は、あれっという表情をして、一瞬黙った。

この二つの出来事に代表される現象に、私は名前をつけている。

（1）は「謙遜待ち」、（2）は「すごいですね待ち」である。

（1）の場合、相手が求めていた（予想していた）私の反応は、「えー、そんなことないですよー」である。私が謙遜するだろうと踏んで、「いやー、お忙しいみたいで」と言ったのだ。嫌味じゃないか。

（2）の場合、相手が求めていた（予想していた）私の反応は、「わー、すごいですねー」

である。有名な人を担当しているからすごい、と私は思わないので、待たれても、もちろん私の口からは「すごいですね」は出ない。

どちらも相手は年配の男性だった。こういうことははじめてではなく、これまで何度も経験してきた。そして二十代の頃の私は、そういう時相手の求めるまま、「そんなことないですよー」「すごいですねー」と言っていた。愛想笑いでごまかしていた。『部長、その恋愛はセクハラです!』を読んで、女性のそういった言動がいかに男性側に都合よく受け取られているかを知って驚愕し、これじゃいかんと意識的に直した。直したら、気持ち悪い思いをすることが減った。少なくとも自分に嘘をついていないから。愛想笑いをしなくても、自虐的にならなくても、関係性が築ける場が周りに増えたことも大きい。

私の印象だとダントツで年配の男性に多いのだが、実際、「謙遜待ち」「すごいですね待ち」が体に染みついていて、無意識にやっている人は男女問わずいる。それがコミュニケーションだと思っている人もいるだろう。でも、そんなコミュニケーションならいらない。私はその人たちに、その癖をやめてほしい、と言いたい。特に若い人たちに対して、自分の一時の気持ち良さのために、謙遜させたり、称賛の言葉を強いたりしないでほしい。日常的に自分を卑下することを覚えさせないでほしい。誰かの日々を居心地の悪いものにしないでほしい。そんなに難しいことじゃないはずだ。

(『神戸新聞』「猫の毛まみれのキーボード」二〇一六年十一月五日)

古くさいマニュアルのお店で

男性の友人と一緒に、新宿のビルにある名の知られたレストランに行った。その後に映画を見る予定だったので、あまりたくさん注文せず、おなか具合的に三品を頼んだ。

話しながら待っていると、大皿の料理が運ばれてきたのだが、給仕をしてくれた女性が微笑みながら、取り分け用の大きなスプーンを私に向けて置いたので、きょとんとしてしまった。向かいの友人がすぐに手をぐっと伸ばしてスプーンを取り、さっと取り分けてくれ、その後はそれぞれが自分のタイミングで料理をお皿から取った。最後、お会計をお願いすると、お店の人は勘定書を友人側に置いた。いつも通り、割り勘で払った。

取り分けるのは女性の役割、お金を払うのは男性の役割、という昔ながらの価値観をお店側がこちらに押しつけてきたということに、少しも腹が立たず、きょとんとしてしまったのは、長い間、この感じを私が経験していなかったからだ。誰かと外食する機会は仕事でも遊びでもそれなりにあったが、こんなあからさまなことをするお店はほぼなかった。仕事だとはっきりわかる場合は、お店の人は編集者さんの方に勘定書を置いたけれど、それ以外の場合は、勘定書にしろ取り分け用のスプーンにしろ、中立地帯である真ん中あたりに置かれることがほとんどだった。

今はきっぱりと判で押したような〝男女関係〟なんて逆に珍しいし、いろんな関係性があるのが普通だ。世界的に考えると、女性が取り分けることを恥ずかしいこと、マナー違反と考える文化を持つ国もあるので、お店としては真ん中に置くのが無難な態度だと言える。実際、前述の通り、だいたいのお店がそうしている印象がある。性差別的で居心地が悪いからここに来るのはもうやめよう、と思う人だっていないとも限らない（私もほかにおいしいお店はたくさんあるし、わざわざまた行かないような気がする）。なので、さまざまな国の人が訪れているはずの新宿の一等地で、このお店がこの古くさいマニュアルを採用し続けていることは、何か奇跡に近いもののようにさえ思った。店内は、男の人二人など、同性同士もいたが、その場合はどうするのだろう。

お客さんの性別によって、お店側の判断が違うのは単純に嫌なことだ。もちろん、お店に限らず。おいしいものと楽しい時間を提供してくれているのだから、いろんな可能性を鑑みて、ニュートラルにしてくれたらいいのに。そして、自分がこの違和を長い間感じずにいられたことを、とてもうれしく思った。

（『神戸新聞』「猫の毛まみれのキーボード」二〇一七年二月四日）

心で握手

この前、二年間住んでいた部屋の更新があった。それに際して、修理が必要な箇所がいくつかあり、不動産屋が依頼した大工さんが見積もりに来ることになった。

午前中、家で仕事をしているとその大工さんから電話がかかってきた。出ると、彼はこう言った。「あのね、反対側まで回ると面倒だから、下まで来て扉を開けてくれない?」。私の住む建物は入り口が二つあり、正面は常に開いているが、裏側の扉は住人の鍵がないと開けることができない。彼はそれを知っていても、裏側に来た。仕事を中断して扉を開けに下りていくのはいいとしても、この人はなぜため口なのだろうとまず思った。

扉を開けると、下で待っていた男性は「いやー、ごめんね」と言いながら階段を上り、部屋に入ると本棚を見て、「わー、本がいっぱいだね、すごいね、学生さん?」と声を上げた。私が仕事で使うのでと返すと、「えー、そうなの、えらいんだねぇ」とねばっこい調子で言う。私が破損した場所にした応急処置を見ては、「へー、上手だねえ、今の仕事やめて、おじさんの弟子になる?」と言い、大工なのにメジャーを持って来ず、「メジャー持ってない？」。そして、下見が終わった後も、「ねえ、本棚見てもいい？　おじさんも昔は本が好きでさあ」と居残ろうとする。この人の〝おじさん精神〟に、私はほとほと疲れてしまった。

まず、仕事だというのに、相手が自分から見て若い女性だったからといって、なれなれしくため口でいいと思っているのも腹立たしかったし、仕事中なのでと伝えてあったのに、「そうだよねえ、忙しいよねえ」と返しながらも、さっと見積もりを済ませて、帰ってくれなかった。ため口が全般的に悪いわけではないが、この人からは相手を下に見ている感じがぷんぷんと伝わってきた。「おじさんの弟子になる？」とか、初対面の相手に対して論外だ。見知らぬ人を部屋に上げるこちらの不安など、露ほども想像していないだろう。実際に部屋の修理をすることになったら、今度はもっと長い間、この人が私の部屋の中にいることになる。憂鬱《ゆううつ》だったが、私には決定権がないので、何も言わなかった。

けれど、私はこの人にまた会う必要がなかった。なんと、大家さん夫婦の妻の方が、この男性の言動に対する不信感があると不動産屋に言い、別の業者に頼むことになったのだ。やっぱそうだよね、あの人おかしいよね！　と、私は一度も会ったことのない彼女と心の中で手を取り合った。

（『神戸新聞』「猫の毛まみれのキーボード」二〇一七年五月六日）

偶然聞こえてきた会話

ある日、電車に乗っていると、六十代らしき男性一人と女性二人の会話が耳に入ってきた。何げなく聞いていると、同年代かそれ以上の人たちで集まって、よく遊びに出かけているという話を男性がしていて、女性たちは朗らかに相槌《あいづち》を打っている。その会では、旅行にもよく行くらしい。

「最近も旅行に行ってるの？」

片方の女性が尋ねた。

「最近はね、男ばっかりになっちゃって。やっぱり女性はね、今頃になると親の介護で出てこれなくなっちゃうから」

と男性が答えた。

その返事を聞いた女性たちは、

「まあ、そうよねえ」

と穏やかに頷《うなず》いている。

その会話を聞いて、自分はまったく関係ないのに、私は悲しくなってしまった。どうして「やっぱり女性はね」なのだろう。どうして親の介護を女性がしている間、男性は外で集まることができるのだろう。いくつもの「どうして」で頭の中がいっぱいになった。もちろん介護をしている男性もたくさんいるし、さまざまな家庭のかたちがあると思う。でも、その時、電車の中で、当たり前のようにその会話が流れていったことが、そしてその会話を聞いてしまったことが、悲しかった。

別の日、住んでいる駅に着いたので電車から降り、改札を出ようとしていると、高齢の女性が、小さな女の子の手を引いている、娘さんらしき三十代ぐらいの女性に、楽しそうに話しかけるのが聞こえてきた。

「ほら見て、ポスターが新しくなってる」

なんのことだろうと振り返ると、女性は駅の入り口に貼ってある、鉄道会社がつくった宣伝ポスターを見ていた。ビル街にあるマーケットで楽しそうに過ごしている人々の姿が緑を基調に描かれている絵で、私は常にこの駅を使っているのに、一度もこのポスターに目を留めたことがなかった。いつもただ、急いで改札を通り抜けているだけだった。

「ほんとだ、前は夕焼けの絵だったよね」

娘さんはそう答えた。私はその前の夕焼けの絵のポスターも覚えていない。恥ずかしいことに、駅の入り口にポスターが貼られていて、季節ごとに変わっていることに、その時はじめて気がついた。そのポスターをちゃんと絵だと認識して、毎回楽しんでいる人たちがいることを知って、なんだかとても胸が温かくなった。踏切を彼女たちと一緒に渡りながら、次からは私もチェックしていこうと思った。偶然その場に居合わせた人たちの会話や行動に一喜一憂してしまうたび、こういうのも〝出会い〟だと感じる。

（『神戸新聞』「猫の毛まみれのキーボード」二〇一七年八月五日）

黄色いかばんを持った女性

今年の八月はイギリスのノリッジで過ごした。ライターズ・イン・レジデンスという、一定の期間ある場所に滞在して、自由に執筆をするプログラムだ。この街には、文芸創作科が有名なイースト・アングリア大学があって、この科の卒業生にはカズオ・イシグロやイアン・マキューアンがいる。一カ月間の生活は、毎日とても楽しかった。小さな田舎町なので、皆とても親切で、心に残る会話がいくつもできた。ただ、時々、見られている感覚があった。

ある時、中華料理店のディスプレイがとても素敵だったので、ウィンドウの写真を撮っていると、六十代くらいの白人男性が近づいてきて、「きみでもこのディスプレイに興味を持つの?」と聞かれた。「これはチャイニーズのお店で、私はジャパニーズだから」と答えると、彼は「なるほど、面白いね」と言って去っていった。その後ろ姿を見ながら、取ってつけたような説明をせず、ただ「かわいいから」と答えればよかったと思った。彼からしたらアジア系の人の区別はつかないのだろうし、私自身も人種の違いがすぐにわかるわけでもない。

あるカフェの女性は、ほかの店員さんが紅茶とスコーンを運ぼうとして、これはどのテーブルかと聞かれた時に、「あそこのアジア人女性のテーブル」と、私のテーブルを指差した。自然な言い方で、嫌な気分にはならなかったし、確かに私はアジア人女性だ。そうか、私はアジア人女性なんだ、と思い出すことが滞在中よくあった。

そのすぐ後、九月の終わりに、柴田元幸さんが海外向けに刊行されている文芸雑誌『monkey business』の出版イベントで、カナダのトロントに数日滞在した。トロントはとても印象深かった。さまざまな人種の人々が街に溢れている。授業に参加したヨーク大学の学生は、白人とほかの人種の人が半々くらいだった。

最終日の午前中、私は大型書店に行った。本を選んでいると、店員の白人女性に声をかけられた。探している本を告げるとその場で調べてくれ、下の階にあると教えてくれた。私が下の階に向かおうとすると、後ろで彼女が下の階の担当者にインカムで連絡を取るのが聞こえた。「今からそっちに黄色いかばんを持った女性が行くから」。彼女は、私の一番の特徴であるはずの「アジア人」という言葉を使わなかった。使わなくても、下の階の担当者の男性（この人も白人だった）はすぐに私を見つけた。人種をその人の一番の特徴にしない。それがとても心地の良いことであると知った。

（『神戸新聞』「猫の毛まみれのキーボード」二〇一七年十一月四日）

ハイヒールのまま恐竜に勝利した女

「ハイヒールをはいたジンジャー・ロジャースはフレッド・アステアとまったく同じに踊れたし、しかも逆向きにやってみせたよね」

今年の春、シカゴのレストランの女性トイレに入ったら、こういうパネルが壁に貼ってあった。面白かったので、写真を撮った。男性はあまり気にしていないかもしれないけど、ヒールのある靴をはいて日常生活を送るのは疲れるし、足も痛くなるし、大変なことが多い。だけど、女性の場合、職場の服装規定で、「適度にヒールのある靴が望ましい」などと決められていることもある。先日も、「ヒールのある靴をはかないとダメだよ」と先輩の男性に言われたという話を営業職の若い女性から聞いた。こういうがんばりの押しつけは好きじゃない。それぞれが働きやすい恰好《かっこう》で働ける、個人の選択が自然に認められる社会がいい。

この夏、『ジュラシック・ワールド』を見た。その中でパークの運営責任者であるクレアは、白いシャツにスカート、ベージュのハイヒールと、恐竜と対極にあるような服装で登場する。トラブルが発生してから、主人公であるオーウェンは「その靴じゃ二分ともたない」と彼女に言う。だが、彼女は最後にハイヒールをはいたままとんでもない大激走を見せ、ピンチを救う。この時にハイヒールが脱げないのが、見終わった後もずっとそのことを考えてしまったくらい、心に残った。

「その靴じゃ二分ともたない」というフリがあったのなら、ハイヒールが脱げないのはわざとだ。「男性らしい」服装に着替えなくても、「女性らしい」普段と何ら変わらない服装のままサバイブする彼女の〝強さ〟を見せたかったのかもしれない。それはある意味意義深いことなのだけど、「女性らしさ」の象徴がハイヒールだったことがちょっと切ない。

なぜなら、ハイヒールであの激走は普通に無理だからだ。あれが可能なら、オリンピックでもハイヒールをはいて走るだろう。でも、ハイヒールを脱ぐ場面があったら、それはそれでベタすぎる。裸足も危険だし。違和感が残らないようにするなら、はじめからヒールの低い靴をはいていればいい。穿《うが》った目で見れば、前述のがんばりの押しつけにも見える。でも彼女のあの大激走には、もう何もかもを超越したように見せる凄《すご》みがあり、なんだかとても面白い事態だと思った。ハイヒールのまま恐竜に勝利した女のことが忘れられずに、秋を過ごしている。

（『神戸新聞』「猫の毛まみれのキーボード」二〇一五年十一月九日）

大切なのはそこじゃない

去年の映画館おさめと今年の映画館はじめは、どちらも『スター・ウォーズ／フォースの覚醒』だった。おそらく映画の上映が終わるまでに、また行くと思う。

自分は『スター・ウォーズ』シリーズが好きなのだが、この映画についての人々の反応で、以前からなんだかもやもやしてしまうことがある。それは、キャリー・フィッシャーのレイア姫が「美人」かどうか、いろんな人が言及していて、多くの人が彼女は「ブス」だからミスキャストだと言っていることだ。

私はこういう言葉を見聞きすると、どうして姫は「美人」じゃないといけないと思っているのだろうと、すごく不思議な気持ちになる。あと、なぜ誰かのことを「美人」だの「ブス」だのと評価できると思っているのだろうか。

そもそもレイア姫はお淑《しと》やかなタイプじゃない。勇敢だし、強気で絶対に諦めないし、ルーク・スカイウォーカーやハン・ソロと一緒に武器を持って闘う行動力がある。キャリー・フィッシャーはそれを体現できたから、レイア姫なのだ（それに美しい人だと思う）。

彼女がどういう人物として描かれているか、映画を見た人はちゃんとわかるはずなのに、長年にわたり、彼女の美醜ばかりが取りざたされていることが悲しい。

エピソード5の『帝国の逆襲』には、強がっていたレイア姫がハン・ソロに「愛してる」とようやく告白し、彼に「知ってる」と返される有名なセリフがある。

私はこの場面も好きだけど、エピソード6の『ジェダイの帰還』で、レイア姫にピンチを助けられたハン・ソロが「愛してる」と言い、彼女が「知ってる」と少しにやっとしながら返す、セリフが逆転した場面のほうがもっと好きだ。この時、どういう行動に出ようとしている彼女に対して彼が「愛してる」と言うか。お互い助け合う関係を築くことができることを、あの二人は私たちに示してくれていた。

それから何十年も経った新作でも、レイア将軍となったキャリー・フィッシャーの美醜問題はまた取りざたされた。

今度は彼女の「老化」や「劣化」にまつわるコメントまで付け加えられ、傷つくからやめてほしい、と本人がSNSでコメントしたほどだ。私がネットで目にしてさすがに驚いたのは、「ハン・ソロはまったく見た目が変わってないのに、レイア姫だけ劣化した」という男性のコメントだ。そんなわけあるかよ。

レイア将軍からは何十年にもわたり反乱軍を率いてきた強さと貫禄が感じられたし、本作から登場したレイは、一人で走り、一人で闘い、一人で何でも解決できる女の子だ。そういう映画を見て、彼女たちが「美人」か「ブス」か、語る必要があるだろうか。もっと大事なことをあの映画は教えてくれているはずだ。

（『神戸新聞』「猫の毛まみれのキーボード」二〇一六年二月六日）

これでいつでも伝えられる

今年の国際女性デー（三月八日）に行われた「ウィメンズ・マーチ東京」に参加した。ウィメンズ・マーチは、去年、トランプ氏の大統領就任に抗議するべくアメリカのワシントンをはじめとする多くの都市で開催された大規模なデモ行進のことであり、アメリカ以外の国でも行われた。このマーチには、女性やＬＧＢＴＱの権利を訴え、人種差別やさまざまな社会問題に抗議する目的がある。私は去年東京で開催されたこのマーチのことが気になっていながらも、それまで参加したことがなかったので少し不安だったのと、その時締め切りに追われていたこともあり、参加しなかった。そのことがずっと気にかかっていて、無理をすれば参加できたのにと、忘れられないでいた。

なので、今年も東京でウィメンズ・マーチをやるという告知が出るとすぐに、同じく去年行くことができなかった編集者さんをメールで誘った。彼女も参加しなかったことを悔やんでいたと返信をくれ、お互いが友人たちに声をかけ、わいわい歩いたら楽しいんじゃないかという話になった。

それからは話が早かった。マーチに興味がありそうな人たちに声をかけたというのもあるが、連絡すると、行く！ と即答だった。どのメールもテンションが高かった。気になっていたけど、一人で参加する勇気がなかったからうれしい、との言葉に、私もそうだったし、皆もそうだったんだと心が温かくなった。プラカードにどんなメッセージを書くか、どんな服装で行くか、このマーチを象徴するアイテムになっているピンクのニット帽はどこで手に入れるかなど、活発にメールが行き交い、各々の意気込みが伝わってきた。

最終的に、友人が教えてくれた「Equality Hurts No One（平等は誰も傷つけない）」というメッセージを、文房具店で買ったピンク色の画用紙に大きく書き、百円ショップで手に入れたハードケースに入れた。こんな簡単にプラカードができるんだと、思いのほか感動してしまっている自分がいた。これでいつでもマーチやデモに参加できるのだ、自分の意見を伝えることができるのだ、という気づきは明るかった。

当日は雨だったけれど、誰もが「雨ですが何か？」とドヤ顔の笑顔だったし、男性の姿も少なくなかった。七百五十人以上の人たちがマーチに参加し、大きな声でコールをしながら歩いた。近くを歩いていた年配の女性が、「国家や男達に都合のいい女にはならない」と書かれたプラカードを手にしていて、見とれた。参加した人たちから楽しさやエネルギーが溢れ出ていて、あまりにも幸福な思い出で、来年のマーチがいまから待ち遠しい。

（『神戸新聞』「猫の毛まみれのキーボード」二〇一八年五月十二日）

「当たり前」の痛みにさよなら

ここ数年、服装においては楽さと快適さを何より優先するようになり、ヒールのある靴をあまりはかなくなった。特に去年は妊娠していたので、まったくはいていなかった。スニーカーも靴ひもがほどけて転ぶのが怖かったのと、お腹が大きくなって靴ひもを結ぶこと自体が大変だったので、最終的にはＶＡＮＳのスリッポンばかりはいていた。

出産後三カ月が経ち、ものすごくひさしぶりにスリッポンじゃない靴をはいた。ヒールのない革のサンダルで、妊娠前に買ったものだ。そのサンダルで数時間ほど歩いた帰り道、なんて痛いんだろうと、私はしみじみと驚いていた。靴擦れが数カ所にできていたし、そのせいもあってか、一歩進むごとに痛みが走った。家に帰ってサンダルを脱いだ後も、痛みと疲労感はしばらく消えなかった。もしヒールの靴をはいていたら、もっとひどいことになっていただろう。

ひさしぶりに足の痛みを経験して、以前の私は、この痛みをある程度諦めて靴をはいていたことを思い出した。今の私はその感覚を忘れていたので、歩くだけで足が痛くなるなんて意味不明だ、とさえ思った。

最近、職場でのパンプスやヒールのある靴の着用強制をやめてほしいという願いからはじまった「#ＫｕＴｏｏ」運動が盛り上がっていて、テレビのニュース番組などでも紹介されている。大きく取り上げられるということは、それだけ同じ気持ちでいた人が多かったのだろう。性被害の体験を共有した「#ＭｅＴｏｏ」運動の姉妹版のような「#ＫｕＴｏｏ」という言葉は、「靴」と「苦痛」をかけている。私も過去にヒール着用が「望ましい」とされる職場で働いたことが何回かあるので、そのつらさと痛みはよくわかる。パンプス着用を義務付けられていた短期バイトで、両足の爪が左右二本ずつ変色して、はがれたこともあった。

ヒールをはかなくていい男性と同等の仕事を、女性はヒールをはいた状態でこなさなければならない。これはとても不合理なことだ。この「#ＫｕＴｏｏ」運動についてさまざまな人たちが発言する中で私が驚いたのは、どれだけヒールの靴が痛いものなのかを、多くの男性がまったく知らなかったことだ。これでは女性は苦労し損ではないか。

「マナー」や「女性らしさ」という慣習のせいで、女性は長きにわたり負担を強いられてきた。そして、それを当たり前だと思い込まされてきたけれど、そろそろそんな「マナー」にはさよならしたい。ヒールの靴は自分がはきたい時にはいてこそ、素敵なのだ。

（『神戸新聞』「猫の毛まみれのキーボード」二〇一九年八月三日）

古さを吹き飛ばす個の力

昨年、二十数年ぶりに『じゃりン子チエ』を見た。関西弁の声優たちの素晴らしさなどに感じ入りつつ、このアニメによって、幼少期にまるでDNAのように刷り込まれた「男は役に立たたん、テツのボケが」の魂が、自分の中でぱっと覚醒したのがよくわかった。

昔の作品を今見ると、その作品の魅力は褪《あ》せていなくても、社会通念やジェンダー的には時代遅れになってしまっていることが少なくない。もちろん悲しいことに、今でもかつての意識のままつくられている新しい作品やコマーシャルやテレビ番組も山のようにあって、私はそれがストレスで普段ほとんどテレビを見ていない。

数十年前の関西の下町を舞台にした『じゃりン子チエ』も古臭い価値観が通底しているし、そういう時代につくられてはいるが、古い価値観が、チエちゃんをはじめとする多彩な登場人物の個の力の前では紙切れのようにペラペラになるのが、この作品の本当に面白いところだ。だから、うむむ、と思うところがあっても、その面白さを信頼できる。

褒められたことではないが、テツの父親像の裏切り方といったら相当なものである。テツのことを「お父さんて呼びなさい」と母は何度もチエちゃんの態度をたしなめるが、その言葉になんの力もないことを、私たち視聴者ははじめからわかっている。昔は気づかなかったが、『じゃりン子チエ』の世界の大人たちは、テツは言うに及ばず、祖父母や母に至るまで、チエちゃんに甘えすぎである。チエちゃんのことを最もよく理解し、いざとなった時にサポートしてくれるのが、猫の小鉄であるところがつらくも愛おしい。

さて、去年といえば、救命のため女性が相撲の土俵に上がったことが大問題となった。それが原因で女子の参加を禁止する子どもの相撲大会も出てきたとニュースで読んだ。『じゃりン子チエ』には、チエちゃんと親友のヒラメちゃんが相撲大会で大活躍する回がある。同級生のマサルたち男子よりも明らかに強いからこそ、花井拳骨先生は女子二人に一目置く。この二人の前で、相手チームの男子の「女のくせに相撲大会なんか出やがって」という一言は再び紙切れ同然となり、女性は土俵に上がれない、とする既存のルールが無力化される。個の力の鮮烈さを大切にした作品だったからこそ古びないのだ。主題歌「バケツのおひさんつかまえた」は私の心の一曲であり、もう疲れてへとへとの時は、この曲を聴いて英気を養っている。

（『神戸新聞』「猫の毛まみれのキーボード」二〇一九年二月二日）

病院にも、ゲームの中にも

私はもともと敏感肌なのだが、妊娠中に敏感というより、鋭敏というレベルになってしまい、産後も症状が落ち着かなかったので、ネットで評判のいい病院を探して通いはじめた。評判通りとても頼りになり、全体的に感じがよいのだが、病院のエントランスに貼り出されている、その日に在院している医師の名前リストを見るたびに、なんともいえない気持ちになる。女性医師だけ名前の後に、（女医）と書き添えられているのである。実は、通いはじめる前にネットの口コミにも目を通したのだが、その中に、女医さんがきつくて嫌だったという旨の書き込みがあったこともあり、こういう風に記載しなければ、何かしらトラブルが起こってきたのだろうと推察され、切なくなる。もちろん女性医師を希望する人もいるだろう。

私は昔ものすごく感情的で失礼な男性歯科医に当たってしまったことがあるのだが、それでもこの人は「きつい男医」と表現されることもなく、おそらく今でも当たり前のようにいばり続けているはずだ。性別を問わず性格がきつい人はいるのだが、女性医師への性差別的な先入観が働いている場合も少なくないように思うのだ。

津村記久子の小説に「うどん屋のジェンダー、またはコルネさん」という、うどん屋で遭遇したジェンダー問題について書かれたとても面白い短編があるのだが、実際に、日常のどんな場所にも、ジェンダー問題は潜んでいる。

たとえば、この一年ほど、私はスマートフォン版のゲーム『どうぶつの森』をしているのだが、このどうぶつたちの森にも、ジェンダー問題は存在する。

さまざまな種類のどうぶつたちは、さらにキャラ分けされていて、キュートだったりクールだったりと、ぱっと見た瞬間にどんな性格なのかすぐにわかる造形になっている。このどうぶつたちに話しかけると、着替える服を選んでくれ、と簡単なミッションを申しつけられることが時々あるのだけど、この時、イメージに合わない服を選ぶと、彼らは喜んでくれない。あげる家具を選ぶ時でも同じことが起こる。

こういう性別のこういう人はこういうものを好む、とするジェンダーの固定になっていないかと気になりながらも、私はゲームをやり続けている大人だ。でも、もし子どもたちがこのゲームや、他のジェンダー役割の固定が見られるゲームなどをやり続ければ、このジェンダー感覚を、現実のものとして習得してしまわないだろうか。子どもの目に触れる作品をつくる制作者を含む、周囲の大人たちが気をつけなければならないことだと思う。

(『神戸新聞』「猫の毛まみれのキーボード」二〇一九年十一月二日)

「普通」に震える

眞子《まこ》さんが圭《けい》さんと結婚し、彼女は小室《こむろ》眞子さんになった。二人の関係が世の中で知られるようになってから、二人に対する誹謗中傷《ひぼうちゅうしょう》は続き、結婚の記者会見を終えた今も止まりそうにない。

私は選択的夫婦別姓ができない現状では結婚したくなかったので、結婚しないまま出産した。妊娠、出産、育児という未知の経験ばかりだったこの数年の出来事を、エッセイ集『自分で名付ける』（集英社文庫）にまとめた。その中でも書いたが、私がこの数年、強く感じたのは、社会の制度が日本社会の「普通」を規定しており、そこから逸脱した人間に何か不利益があったとしても、それは「普通」じゃない当人たちのせいである、とする〝ルール〟が根強くはびこっているという事実だ。私も含むが、この国に住む人々もその〝ルール〟を多かれ少なかれ内面化していて、線からはみ出すことを恐れたり、はみ出した人たちに偏見の目を向けたりする。眞子さんと圭さんがこの〝ルール〟を大きく逸脱したように見えている人が多いのだろうと察せられる。

でも、どのような立場にあろうとも、他者が結婚する、結婚しない、といった極めて個人的な出来事に対して、口を出す権利は誰にもないのではないだろうか。二人が互いに同意して決めた選択に対して、外野から反対したり、文句を言ったりしてもいいと考える人は、韓国の傑作ドラマ『よくおごってくれる綺麗なお姉さん』を見てほしい。それがどれだけ恐ろしく、ひどいことであるか、骨身に染みるようにわかるはずだ。

ドラマの中では、女性のほうが年上の男女が恋に落ち、ともに生きていこうとするのだが、二人には年齢の差の他にも境遇の差があり、女性側の母親が二人の仲を認めず、別れさせようとするのである。

この境遇の差、というのはもちろん「普通」と違うというだけで、少しもおかしいことではない。年齢の差だって、たったの数年である。しかし、「普通」でないことはこの母親にとって許されることではなく、それはもう恐ろしい剣幕で、暴力的に反対するのである。あまりにも恐ろしくて、私は途中で一度、ドラマを見るのをギブアップしそうになったくらいだ。このドラマは、家父長制社会の中で従順に生きざるを得なかった三十代女性が目覚め、「家」と「会社」、つまりは家父長制から解放されるまでの長い過程が近道もなく、ガチで描かれていて、本当につらく、本当にすごいのだが、件《くだん》の母親は「家」を象徴する存在だ。彼女の猛烈な反対ぶりを見ていると、他者の関係に口を出すのは絶対にやめよう、とぶるぶる震えてしまうのである。

また、その後、同じ脚本家と監督が、似たキャストで同じテーマを変奏させた『ある春の夜に』では、前作で取りこぼしたところをしっかりと描いていて、二作品かけて根気よくメッセージを伝え切る姿勢に深く感銘を受けた。

（『神戸新聞』「猫の毛まみれのキーボード」二〇二一年十一月六日）

あの頃、その選択肢があったら

姫路の山陽中学校が、男女ともに二〇二一年度からブレザーとスラックスを標準の制服として導入する、というニュースを最近読んだ。

私が現在住んでいる東京でも、外を歩いていると、スラックス姿の制服の女の子たちをよく見かけるようになっているけれど、山陽中学校のように標準の制服にする例は全国的にめずらしいそうだ。もちろん男女ともにスカートをはく選択肢もある。私が読んだ新聞の記事には、制服を変更する理由として、「男らしい、女らしいというよりも自分らしく生きる社会に変化してきた」という校長の言葉が紹介されていた。

山陽中学校ではないけれど、私もかつて姫路の中学校に通っていた。もう何十年も前のことだ。だからとても感慨深い。そして、うらやましい。

中学生の頃、私は制服が苦手だった。ごわごわするし、着心地も悪いし、アレルギー体質だったので、化学繊維の服を毎日身につけないといけないのもつらかった。今はきっと、冬場はタイツなどを着用して防寒することができると思うが、私の頃は靴下しか認められていなかったので、スカートだと寒かった。

たいして収納力のない、ブリーフケースのようながっちりとした通学かばんも重くて嫌だった。かばんの角は硬くて、武器になりそうだった。荷物が入りきらないので、セカンドバッグ（通称セカバン）を持たなければならず、ますます面倒だった。単純にリュックを背負って通いたかった。そして体操着は、今思い出しても苦々しいブルマ。今の十代の女の子たちはもうブルマをはかなくていいんだと思っただけで、心から安堵《あんど》する。

悲しいかな、中学生の私は、自分がスラックスをはいて学校に通うことなど、一度も想像したことがなかった。制服自体には疑問を持っていたが、男子はスラックスで女子はスカートと決められていることには疑問を抱いていなかった。そうではない世界を、私も中学生の頃に知りたかった。

私のことだから、おそらくスラックスをはくことができても、制服が苦手であることに変わりはなかったような気もする。学ランも好きじゃなかったので、着たいと思ったことがない。でも、あの頃、その選択肢があったら学校から受ける印象がどれだけ違っただろう。自分が制服に合わせるのではなく、制服が自分に合わせるものなのだ、制服に限らず自分で選んでいいのだと、当たり前のように学びたかった。

これからも若い世代がのびのびと成長していけるように、私たちの社会が変わっていくことを願っている。

（『神戸新聞』「猫の毛まみれのキーボード」二〇二〇年十一月七日）

二十一世紀の「カミさん」

今年になってから、外でごはんを食べる際に、周囲の会話にびっくりすることが数回続いている。

まず、森喜朗前東京オリンピック・パラリンピック競技大会組織委員会会長が、「女性がたくさん入っている会議は時間がかかる」、組織委員会にいる女性たちは「わきまえている」と発言し、問題になり、辞任した日のことだ。

私は二歳の子どもの人と私の母とレストランで食事していた。その日、お店は空いていて、我々が部屋の片方の隅の席、スーツを着た四十代後半か五十代前半くらいの男性二人がもう片方の隅の席にいるだけだった。だいぶ距離があったのだが、ふと彼らの会話が聞こえてきた。「男だったらみんなそう思ってるよな。辞任なんてやりすぎだろ」。

これはいかんと私は思い、向こうに聞こえるくらいの声で、こう言った。「差別発言した森前会長、辞任したらしいで。あんな発言して、当たり前やんな」。二人の会話が聞こえていなかった母は、急にどうしたという感じで、「あ、そうなん」と答えた。彼らは

「男だったら」と言ってはいたが、とりあえず、〝みんな〟そう思っていない、という事実を、私はすぐにその場に提示したかったのだ。それに、発言に対して抗議の声を上げていたのは私が知る限りでも女性だけではないし、「男だったらみんなそう思ってる」なんて、そんなことはないはずだ。

また、別の日に、近所の中華料理屋で昼食を食べていると、すぐ隣の席に、会話から職場の先輩と後輩だとわかる男性二人が座っていた。ふと、先輩のほうがこう言った。「俺、昔の日本のほうがいいんだよね。女は家で家事をして待っていて、男が外で稼ぐっていう。家事とか全部してもらいたいし、帰ったらさっとごはんが出てくるのがいい。男女平等とかわかってるけど、でもさあ……」と滔々《とうとう》と語り、後輩のほうは、「でも、今そういう時代でもないですよね」と言葉少なに相槌を打っていた。

私がショックだったのは、その先輩が、明らかに私よりも年下だったことだ。この前も、違うお店でほとんど同じシチュエーションが再現されたのだが、その時も、私よりも年下の男性が、「家事はカミさんに全部任せてる、全然やってない」と話していて、カ、カミさん！　と、私は心の中で、内容だけでなく、そのワードチョイスに大きな衝撃を受けた。社会の体制とムードが変わらない限りは、こうやって古い価値観が再生産されていくままなのだろうと、どんよりした。

（『神戸新聞』「猫の毛まみれのキーボード」二〇二一年八月七日）

日常に潜む女性への「暴力」

住んでいる街の商店街に五十代くらいの夫婦が営んでいる飲食店がある。数回食事をしたことがあるのだが、その度にあることが気にかかり、足が遠のいた。料理人である夫と店内の接客を担当している妻が一切言葉を交わさないどころか、目も合わせないのだ。

長年店を切り盛りしていれば、阿吽《あうん》の呼吸が生まれ言葉が必要ないこともあるとは思うが、そういう雰囲気でもない。夫は黙々と料理をし、手が空くと壁を向いてタバコを吸い、妻は怯えるように常にうつむいている。不穏なものを感じてしまうのだが、安易に判断するのもよくないと思っていた。

ある時、夜に散歩をしていると、明かりが消えたその店の前で妻が地面を見つめるようにして立っていた。少し不思議に思っていると、中から夫が出てきてシャッターを閉め、妻を無視してさっさと歩き出した。妻の方は夫との間が一メートルほど開いてから歩きはじめ、下を向いたまま後ろをついていく。その後、同じように帰っていく姿を何度か見かけた。二人が帰宅してから仲睦まじく暮らしている様子はさすがに想像しにくかった。

一度行った隣町の美容院では、美容師である夫が、アシスタントの妻を鼻であしらうような言動を始終していた。それが不快で二度と行かなかった。客のほとんどは女性であるのに、女性を馬鹿にするような行為が日常的に行われている不条理さに気持ちが暗くなった。妻は反論することなく、諦めたように静かにしていた。

どちらのケースも、男性側が自分のエゴが満たされない不満や怒りを一番身近な存在である配偶者に解消してもらおうと、甘えているように感じた。昭和の時代ならばこういう夫婦のかたちを美徳だと捉える人も多かったかもしれない。無愛想で頑固な夫に耐え忍ぶ健気な妻の「感動的な物語」を昔はテレビドラマなどでよく目にした。

その頃は幼かったためよくわかっていなかったが、今私が思うのは、これは暴力じゃないのかということだけだ。男性の承認欲求は暴力と容易に結びつく。身体的な暴力だけが暴力ではない。長きにわたるモラハラやパワハラの結果が、今、目の前で黙って耐えている女性たちの現状につながっているのではないかと心配してしまう。もちろん一番の被害者は当事者だが、さらに言えば、こういう現場を日常の中で見せられることも暴力ではないだろうか。目の当たりにしても、自分が何もできないことに無力感を覚える。

二〇一七年、アメリカ製作のドラマ『ビッグ・リトル・ライズ』には、女性たちが自分の受けた暴力を暴力としてしっかりと認識することが、重要なポイントとして出てくる。夫から深刻なＤＶ被害に遭っているセレステは、最初はそれが暴力であることを認めたがらない。カウンセラーと話すことによって、彼女が自分に起きていることを理解し、抑圧下から抜け出そうとする過程がとても丁寧に描かれる。レイプされた過去を持つジェーンは、友人にその出来事を打ち明けることで、少し前向きになる。これまで一人で抱え込んできた問題を他者と共有することによって、彼女たちの人生は変わっていく。共有することが救済となる。また、相手を救済する方法は一つではない。終盤で、それまで問題に関与していなかった登場人物が、目の端で捉えた出来事から危険を察知し、駆けつける場面が心に残る。暴力はもう許さないという強い決意が伝わってくる作品であり、それは現実社会でも同じなのだ。日常の中に潜む暴力を察知し、助けが必要とされている瞬間を見逃さない人になりたい。自分が関われる方法を考えていきたい。無力感の先へ進むために。

（『朝日新聞』「思考のプリズム」二〇一八年九月十二日夕刊）

女性と引退

五十二歳の時に亡くなった父は地学の教授をしていて、研究のためによく海外出張に出かけていた。それは長期に及ぶこともあり、おそらく滞在先はロシアだったと思うが、私が幼い頃に三カ月くらい帰ってこなかったことがある。その間に、私はすっかり父という存在を忘れ去っており、ヒゲと髪をぼうぼうに伸ばして戻ってきた知らない男の人に怯えて、部屋の中を泣きながら逃げ惑った。

いいところに連れていってやると父に言われてついていくと、たいがいの場合、どこかの山のいい地層が見られる場所だったりした。時々、父の教えている大学に遊びに行っていたが、研究室で砂をふるったり、顕微鏡を覗いたりしている姿を見て、父の仕事は砂ふるいだと思っていた頃もある。

私たち家族は兵庫県の姫路市に住んでいたのだが、阪神・淡路大震災が起こった次の日、どうしても現場を見なければいけないと、父は車で神戸に向かい、新聞に記事を書いた。父は研究を愛していたので、休むことをあまり必要としなかった。常に仕事に没頭していた。典型的な仕事人間だった。

その間、母は専業主婦として、私と弟を育ててくれた。

男が仕事をし、女が家を守る。母の時代は、それが当たり前とされていた。今、外を歩いていると、男性がベビーカーを押したり、赤ん坊を抱いたりしている光景によく出くわすし、その様子を新鮮に感じることももうないが、若い男の人は昔とは変わったのね、と母は以前、驚いていた。ただ、両親は私に女の子らしくしなさいとか、女の子はこういうものだから、というような教育を一切しなかったので、自分は性的役割を担う存在だという感覚を持たないまま、十代を過ごすことができた。

さて、父が亡くなった後の話だ。

父と同じく当時五十代だった母は突然配偶者を失い茫然自失の状態になったが、しばらくして専門学校に通いはじめ、社会福祉士の国家資格を取った。同時期に同じ専門学校に通っていた若者たちが試験に落ちるなか、母は一発で合格し、福祉関係の仕事に就いた。

父の死は、ある意味、人生からの引退と言えるだろう。時に、男性の引退は、女性にとって、新たなはじまりになるのではないか。父と母のことを考えると、私はそう思う。あれから十年以上経つが、母は今も働き続けている。このエッセイのテーマは「女性と引退」だが、私の母はまだ現役である。

「有終の美」という言葉があるように、世の中には、さまざまな職種で功績を残した人による、感動的な「引退の物語」が溢れている。その主人公の多くはこれまで男性だった。しかし、その功績は女性のサポートなしでは実現しなかった場合がほとんどだ。言ってみれば、その功績は二人で成し遂げたものだろう。それでも、表に出るのは男性の名前だけ。女性の存在を透明化して語らない時代はもう終わりにしたい。語られても、「内助の功」にされてしまう時代も。

日本社会は女性の「内助の功」の物語がなぜこんなにも好きなのだろう。ノーベル賞受賞者の会見では、受賞者の妻の「内助の功」の逸話を、記者たちはなんとかして引っ張り出そうとする。まるで、女性にはその物語しかないみたいに。

でも、女性には、一人一人違う物語があるはずだ。今年のゴールデン・グローブ賞授賞式のスピーチで、ゴーストライターとして夫の〝作家人生〟を支えてきた妻がとうとうブチ切れる映画『天才作家の妻―40年目の真実―』で主演女優賞を受賞したグレン・クローズは、主婦だった母親が「自分は何も成し遂げていない」と彼女に語ったという話をした。何十年にもわたり家族を守ってきた母親が、何も成し遂げていないと思わされる社会のかたちはおかしくはないだろうか。

女性の犠牲の上に成り立つ物語にはほとほとうんざりしている。女性に男性をサポートすることを安易に求めるのはいい加減やめてほしい。そうすれば、この社会にもっと多様な物語が生まれることになる。女性と引退の物語も今よりもずっと増えるはず。

でも、今のところ、日本社会が想定する女性にまつわる物語は想像力に欠けている。功績を残した女性が引退することになっても、その中からなんとかして「女性ならでは」の話題を掘り出そうとする。

レスリングの吉田沙保里《よしださおり》選手の引退会見で、結婚の予定はないのかと質問した記者がいたのは記憶に新しい。男性選手の会見だったなら、果たしてそんな質問が出ただろうか。

そういえば、私もある時、新刊小説の取材をしてもらった際、まったく小説の内容とは関係ないのに、結婚をしているかどうか最後に聞かれたことがある。やっぱり女性には聞いておかないとね、とその男性記者はさらに続け、やっぱり、ってなんだろうと不思議に思った。また、インタビューなどに添える写真を撮ってもらう際に、「もっと笑顔で」「もっと柔らかい表情で」「ふんわりした感じで」などと指示されることも少なくないが、これも毎回疑問を覚える。男性ならば、「柔らかい表情で」「ふんわりした感じで」とは言われないだろうからだ。こうやって世の中が求める女性像はつくられてきたのだろう。

女性といえば「結婚」「男性をサポート」など、安直で貧困な物語を再生産し続けている限り、社会は変わらないだろう。それは危機的なことだ。だからこそ、私たちには、新しい物語が必要なのだ。

（『てんとう虫』二〇一九年三月号 UCカード）

ようやく気づけた

私は昔から何が苦手かというと、運動が苦手だった。鬼ごっこなど、子どもの遊びレベルだと自分の運動能力を意識することはなかったが（しかし、最近見たＮｅｔｆｌｉｘのドラマ『イカゲーム』では、私たちがよく知っている遊びや競技は「健常」な男性に有利につくられていることをこれでもかとこちらに知らしめてくる内容になっていて、今さらながら気づかされることが多かった）、小学校に入学して、体育の授業が人生に出現すると、自分は運動ができないんだなと、あっという間に私は自覚した。

走るのも遅いし、みんなが当たり前のようにできることでもできないことが多かった。できることがあっても、できないことがたくさんあるので、成功体験にもならず、その場をしのげたと思うだけだった。早くから水泳教室に通っていたので、泳ぐことはできたのだが、泳ぐ私を見て、先生まで「意外」と言った。縄跳びは二重跳びができず、鉄棒は逆上がりができなかった。いまだに思い出すのは、逆上がりのテストの際、クラスで私だけができず、もう一回だけやってみろ、と教師に言われ必死でやったその一回だけ奇跡的にできたのだが、その後二度とできなかったことだ。私は人生で逆上がりが一度だけできた女。あとなんであんなにドッジボールばかりしていたのだろう。

中学に入ったばかりの頃、まだ誰がどんな人かわからないからと、担任の教師がフィーリングで各係を決めたことがあったのだが、その時、彼女は何を勘違いしたのか、私を体育係にした。ところが一週間も経たないうちに、これはダメだと理解したらしく、他の係は変更にならなかったのに、私だけ変更になった。部活はもちろん文化部。ブラスバンド部の部員たちと本や漫画、『幽☆遊☆白書』の同人誌を貸し借りしている時が一番幸せだった。私が運動ができないのは、私と同じクラスになったことのある生徒なら、みんなが知る事実だった。

そんな運動音痴の人生を送っていたのだが、アメリカの高校に二年間通った時、不思議なことが起こった。勉強に重点を置いたプレップスクールだったからだと思うが、私の高校には体育の授業がなかった。かわりに、一年に数カ月は必ず一つ、スポーツのクラブに入る必要があった。サッカー、バレーボール、バスケットボール、テニス、ゴルフのいずれかから選ぶと、ユニフォームが与えられ、他の高校との練習試合なんかもある。

一年目、私はバレーボールを選んだ。中学生の頃に体育の授業でやったことがあったからだ。当時の私には腕力がなく、サーブの時にボールがそんなに遠くに飛ばず、ちょうどネットを越えてすぐの取りにくそうな位置に落ちる、という変な癖があったのだが、この癖が練習試合の時に大活躍した。私がいたコロラドでは、当時、アジア人はそんなに多くなく、向こうのチームからすれば、小柄で明らかに弱々しいアジア人の私を舐《な》めていたところもあったと思うが、試合のたびに、相手チームは私のサーブが取れず、私のサーブでどんどん点差が開いた。その頃の私は英語も話せず、とにかく無口だったので、同じチームのメンバーは私とのコミュニケーションに困っていたのだが、この時ばかりは、やった、やった、と喜ばれ、私の株はうなぎ登り、その年のイヤーブック（日本でいうところの卒業アルバムで、生徒の入れ替わりが多いせいか毎年つくられる）のバレーボールチームの集合写真では、なぜか私が真ん中に写っている。

二年目はサッカーを選んだ。やったこともなかったのに、なんでサッカーを選んだのかいまだにわからない。やったことがないので基礎も何もなく、試合に出てもたいして役に立たなかったが、私は足が速いと言われた。足が速いし、真面目に練習するし、来年もチームに戻ってこい、と最後女性のコーチに言われたが、私は日本に帰り、その後、サッカーをすることもなかった。自分はとにかく運動が下手だと信じ込んでいたので、その経験も私を変えなかった。運動が得意でない自分にとって、スポーツは常に、オリンピックなんて特に、運動能力が高い人たちだけに許された特別な場だと思っていた。

それから二十年以上が経った二〇一九年の年末、私はお茶の水女子大学で行われた国際シンポジウムで、スポーツとジェンダー・セクシュアリティを研究されている井谷聡子《いたにさとこ》さんの発表を聞いた。そして、順位から離れたスポーツのかたちを模索するべきだ、という言葉に、本当に驚いた。もし運動が得意だったら、今のスポーツの在り方に少しは違和感を覚えたかもしれないが、その逆だったので、あれは私にはわからない世界、とはなから諦めていた私は、今の、競ったり、テストや審査で優劣がついたりする以外のスポーツや運動の可能性を考えたことがなかった。そこに入れないことに、意義を問うていいのだと思ったことがなかった。

それ以来、そのことがずっと心の片隅にあった。どうして自分にとっての運動の記憶は、みんなが見ている前で、できない逆上がりをやらされたこととか（一人一人逆上がりができるかどうかを点数化して、それが成績になるなんて、今考えると馬鹿馬鹿しい）、できなかったことの集積でしかないのだろう。本当はもっとできることがあったんじゃないだろうか。そんな風に思うようになった。

キム・ホンビ『女の答えはピッチにある　女子サッカーが私に教えてくれたこと』（小山内園子訳、白水社）や、キム・ハナ、ファン・ソヌ『女ふたり、暮らしています。』（清水知佐子訳、CCCメディアハウス）を読んで、ますますスポーツや運動の別の可能性について考えるようになった。エッセイの中で、彼女たちは女性である自分たちが十代の頃、いかに運動から遠ざけられていたかを語っていた。男子たちが「本当」のスポーツに勤《いそ》しむそばでドッジボールばかりやらされ、女子はスポーツや運動をすることを推奨されていなかったので、自然と距離が離れていったこと。韓国の彼女たちの十代は、日本の私の十代と、同じだった。知らないうちに何かを奪われていたことに気づいたかのように、私と同世代の彼女たちは、三十代になってから運動やスポーツにはまっていった。それもやっぱり今の私の姿に少し似ていた。自分もやっていいのだと、ようやく私は気づけた。

最後に、私の中でずっとわだかまっていたのが、ブルマのことだ。私は中学三年間を、ブルマをはいてすごした。体育の授業がない日でも、スカートの下はブルマだった。その方が、転んだり何かのアクシデントが起こったりした時に下着が露出する心配がないので、いくらかましだった。一度、同級生が転んだ時に、白い下着が見えたことがあり、あ、ブルマはいてないんだ、と驚いた。スカートめくりは、中学のその頃はさすがに私のクラスではなかった気がする。そして、体育の授業になると、スカートを脱いで、ブルマで授業を受けた。下着と同じかたちをした体操着を着ることを義務付けられて、運動への意欲が湧くわけがない。それがその後何十年にもわたって、私の中で忌まわしい記憶として刻みこまれることになるとは、思いもしなかったが、そうなった。忘れられないので、「許さない日」（『男の子になりたかった女の子になりたかった女の子』収録、中公文庫）という短編を書いた。

最近になって、女子バレーの元日本代表選手の大山加奈《おおやまかな》が、現役時代、「体の線が美しく見えるように」という理由で、ユニフォームが急に短く変更され、おへそが出るのが気になったまま、試合をしていたとインタビューで話していた。それは、盗撮など、女性アスリートが被ってきた現状に対し、日本オリンピック委員会がようやく被害防止対策に乗り出した、とのニュースを受けてのものだった。コロナ禍での開催には大反対だったが、二〇二一年の東京オリンピックでも、体操のドイツの選手が一般的なハイレグのレオタードではなく、手足が隠れるボディスーツで競技に臨んだことはよかった。私は、女子スポーツ選手が着ている過剰な露出があるユニフォームを、なんでこうなんだろう、と不可解に感じつつも、これもまた私にはわからない世界だという理由で、きっとこの方が機能的だったり、動きやすかったりするのだろうと本気で思っていた時期がある。自分もブルマをはかされていたくせに。試合中のスポーツ選手に対して、性的な服装をさせたいと思う人たちがいるとは思いもしなかったのだ。自分もブルマをはかされていたくせに。女子スポーツ選手たちがあげた声のおかげで、やっぱり嫌だったんだ、そりゃそうだよなと、遅まきながら合点がいった。そして相変わらず、どれだけ男性中心的な、ひどい世界なんだろうと胸が痛くなった。気づくことができたのだから、ここから変わっていく世界で自分もできることをやりたい。

(『エトセトラ　Vol.6』特集「スポーツとジェンダー」二〇二一年 FALL/WINTER エトセトラブックス)

見える世界を言葉にすること

二〇一三年に『スタッキング可能』というデビュー小説集を河出書房新社から刊行した。表題作「スタッキング可能」は、日本社会の縮図として設定した一つの会社の中で起こる出来事の数々を通して、日本の女性の生きづらさを描き出したものだった。この作品を書いていた当時、私は実際にこの作品に出てくる会社にそっくりな会社で働いていた。派遣社員として翻訳の仕事をしていて、その会社の建物をとても気に入っていた。会社がある街のことも好きだったので、私が見た光景をちょっとずつ紛れ込ませた。その頃は、会社の行き帰りの電車の中で小説を書き、帰ってからはすぐに眠り、起きてまた会社に向かった。

表題作の他の作品もまた、日本の女性の生活のさまざまな側面を、さまざまなやり方で描いたものだった。この前ひさしぶりに読んだところ、固有名詞が古くなっているところもあるけれど、全体的にめちゃくちゃ面白く、これ書いたの誰だよ⁉ 私かよ！ と新鮮に驚き、あんたやるな、と誇らしく思った。

さて、『スタッキング可能』は刊行後、ありがたいことにいろいろと話題にしてもらうことが多く、その日私は、河出書房新社の片隅にあった小さな応接スペースで、雑誌や新聞の取材を受けていた。取材の合間、休憩していると、一人の女性がつかつかと私のところまでやって来た。

「編集者の松尾です。『スタッキング可能』、すごく面白かったです」

と彼女は自己紹介すると、

「私の周囲の女性たちが、この小説を読んでめちゃくちゃ喜んでいます。みんな、あの小説はなんだ！　と興奮して私に連絡して来るんです」

と続けた。

そして、最後に、

「何か一緒にやりましょう」

ときっぱりと言い、また去っていった。

これがフェミニスト出版社、エトセトラブックスの松尾亜紀子さんとの出会いだった。後に聞いたところ、彼女は会社の出版会議で『スタッキング可能』が担当編集者からプレゼンされた時、これは完全にフェミニズム小説じゃないか！　と衝撃を受けたそうだ。

私は実は、電車の行き帰りで小説を書いていたその頃、フェミニズムやジェンダーについてはっきり書こうと思っていたわけではなかった。私がしたかったのは、私が見てきた、私が見ている世界を、言語化することだった。私の目には、この社会は不条理の集合体で、生きづらい人たちがたくさんいる場所だった。私はその不思議を書くことに必死で、集中していて、自分が書いているものが何か、考える余裕はなかった。

「私の周囲の女性たちが、この小説を読んでめちゃくちゃ喜んでいます。みんな、あの小説はなんだ！　と興奮して私に連絡して来るんです」

という松尾さんの言葉は、そんな私にとってうれしい驚きだった。私が書きたかったことは、書いたことは、間違いじゃなかったんだと思えた。それ以降、この言葉が、ある意味では私の一番の指針になった。私は、日本の女性たちが喜ぶものを書きたい。

その後、我々は河出書房新社で翻訳書を何冊か一緒につくった。カレン・ラッセル、アメリア・グレイなどのアメリカの女性作家の作品集のほか、『問題だらけの女性たち』という、ジェンダー絵本も刊行した。この絵本はイギリスのフェミニスト漫画家、ジャッキー・フレミングの作品で、女性は男性に比べて脳みそが小さい、女性は体が弱すぎて運動ができない、などなど、女性たちの自由を著しく制限した十九世紀の非科学的な迷信の数々や、そういう発言を堂々としていた〝偉大〟な男性たちを、今の視点で、抜群のユーモアと皮肉をもって、馬鹿にしまくっている。

登場するのは、知らない人は誰もいないであろうアインシュタインや、オリンピックの創設者であるクーベルタンなど。歴史に名を残した彼らがいかに女性蔑視的だったか、フレミングは容赦なくツッコむ。昔の人だから、今の社会状況とは違うからと、彼女は手を緩めたりしない。なぜか。それは、これまで長きにわたって続いてきた悪いサイクルを、ここで一度断ち切るためだ。昔の人だから、今の社会状況とは違うから、そんなことは彼女だってわかっている。過去のおかしさを今批評することで、一度その強固な糸を切ることができる。私たちはその切った糸を、ここから新しく編み直していくのだ。

その、糸を切って新しく編み直そうという強い意志を感じさせる作品は、圧倒的に女性のクリエイターに多い。特にこの十年はそういう作品が次々と生み出されている印象がある。

もちろん、昔から女性たちは現状を変えるために、自分自身の芸術を表現するために、この世界の「素敵」を増やすために、作品をつくり続けてきた。でも、それらは男性目線で消費されたり、無視されたり、排除されたりしてきて、歴史に残りにくかった。芸術家だけでなく、活動家やあまたの女性たちの声も消されたり、軽視されたりしてきた。

フレミングは、そうやって歴史から消されてきた女性たちを、彼女たちの声を、「歴史のゴミ箱」から助け出すのもまた女性たちであると、『問題だらけの女性たち』の中で言っている。そうやって〝発掘〟された女性たちの作品や、彼女たち自身と、私たちは今からでも出会うことができる。それは本当に素晴らしいことだ。過去の消された女性たちの作品と声を〝再発見〟し、人々の目に留まるよう、本を復刊したり、展示を開催したりする動き、女性たちが自らの作品や声で現状を変えていく動き、それが現在進行している二つの動きである。

『スタッキング可能』以降、私は小説を書き続けていて、数年前から、少しずつ海外でも翻訳されるようになった。同書に収録されている短編「もうすぐ結婚する女」がイギリスで刊行された後、私の連作短編集『おばちゃんたちのいるところ』のイギリスの出版社になる、Tilted Axis Press のデボラ・スミスさんと知り合った。

「もうすぐ結婚する女」には、職場などで〝女性のマナー〟としてはかなければならないストッキングという代物が、いかにはき心地が悪く、不経済で嫌な物かを細かく描写した箇所がある。彼女はその場面について、

「自分はこれまでストッキングのことが文学になるとは思いもしなかった。書かれることによって、これは文学なんだと、書く必要があることなんだと気づかされる」

というようなことを言ってくれた。私はもともと好きなように書くタイプだったけれど、それでも、何か書こうとして、こんなことが文学になるんだろうか、みんな興味があるんだろうか、と逡巡《しゅんじゅん》してしまう時があった。でも、彼女のこの言葉を受け取ってからは、何も気にならなくなった。私の指針その二である。

私は、ジェンダーについて話し、書くことは、究極的には、自分自身について、自分自身が経験したことについて、話すこと、書くことだと思っている。それは難しいことなん

かじゃなく、たとえば、女性と男性のカップルがいるとする。たとえば、二人で車を買いに行ったら、ディーラーの人が男性側だけに名刺を渡し、女性のほうをまったく見ずに話したとする。たとえば、二人で家を借りたら、家の細かい注意事項になると、不動産屋の人が女性のほうだけを見て話したとする。設定や状況は違えど、同じような経験をした人は少なくないだろう。これだけでもすでにジェンダーの問題である。日常の中に隠れていて、何かもやもやっとした時点で、違和感を覚えた時点で、それらはジェンダーの問題である確率が高い。そのもやもやを、違和感を、口に出す。SNSで、友人や職場の人たちとの会話のなかで、日記や手帳のなかで、なんらかのかたちでこの世界に放つ。その積み重ねが世界を変える。

日本では、文学や音楽などの芸術が、「政治的」であることを毛嫌いする風潮がある。意味がわからない。「個人的なことは政治的なこと」という言葉があるけれど、個人の経験は、一人一人の声は、社会と密接につながっている。この社会で生きている時点で、人はみな政治的だ。誰も政治と無関係に生きていない。それに自覚があるか、無自覚なだけかの違いしかない。ならば、とことん政治的でありたい。なぜなら、社会を変えることができるのは、自覚のある人たちだからだ。

(『のんびる』二〇二一年九・十月号　パルシステム生活協同組合連合会)

III

彼女たちに守られてきた

彼女たちに守られてきた

大島弓子《おおしまゆみこ》の漫画「8月に生まれる子供」（『ロスト ハウス』収録）は、

わたしは
わたしの王女様である

そして
その民である

という言葉ではじまる。

私はこの言葉を、十代の頃、もらった。この作品を、はじめて読んだ時だ。素敵な言葉だと思った。でも、その時は、この言葉の意味をちゃんと理解してはいなかったように思う。けれど、大人になって、この言葉が心の中にまた現れたので、もう一度読み返してみた。そして、気がついた。私は女性作家たちに守られてきたのだと。

私が小学生の頃、まずは少女漫画と児童文学のかたちをとって、女性作家たちは私を守りに現れた（そしてその後は、小説、絵画、写真、映像、音楽などなど、さまざまなかたちをして、私のもとに現れた）。

彼女たちが共通して私に伝えようとしていたのは、周りに何を言われても、なんでも自分のせいだと思わなくていいこと、同調する必要はないこと、自分を大切にすること、自尊心を持つこと、自分は自分の王国の王女様であり民であること、だった。

P・L・トラヴァースが生み出したメアリー・ポピンズは、雇い主に決して媚《こ》びることがなく、アストリッド・リンドグレーンの描く世界に登場する女の子たちは、長くつ下のピッピやロッタちゃんなど、いつも自由奔放に生きていた。柏葉幸子《かしわばさちこ》は、『霧のむこうのふしぎな町』の中で、実際的に生きる力を主人公の少女に与えた。

吉野朔実《よしのさくみ》の『ぼくだけが知っている』に出てくる大人びた小学生、葛木艶子《かつらぎつやこ》は、クラスメイトに合わせず、かっこつけてバカみたいと笑われると、「私は　かっこつけて　生きてるわよ　スタイルのない　人生なんて　クズよ」と堂々と言い放つ。『恋愛的瞬間』の、度重なるセクハラやストーカー被害に悩む大学生、如月遊馬《きさらぎあすま》は、心理学博士である森《もり》依《え》四月《しがつ》の「女性であること　女に生まれたこと　そのものが　君の　コンプレックスの正体だ　だから　責任は　とれないよね　君の意志じゃ　ないんだから　そんなことに

コンプレックスを　持たなくて　よろしい　もし実際に誰かが　追いかけてきたり　いたずらや　いやがらせが　はじまったら　それは　警備会社と　弁護士のお仕事　証拠になるので　手紙などは　捨てないように」という言葉に、「私の責任じゃない？」と驚き、こう続ける。「私は　誰かに　きっと　誰かに　そう言って　もらいたかったんです」。

私は、男性社会の中で育ち、男性社会を反映してつくられたテレビ番組や文化を吸収し、フィクションの中の女性たちと同じように、セクハラやパワハラ、痴漢や性差別に遭うこともあった。それを自分のせいなのだろうかと気に病んだり、誰にも相談できなかったり、判断を間違えたりすることは何度もあった。

それでも、そんな時は、女性作家たちが作品の中に構築した、「そんなことに　コンプレックスを　持たなくて　よろしい」という感覚が、ミソジニーや家父長制に囚《とら》われる必要はないという真っ当な感覚が、自然と胸の中に湧き上がってきた。

彼女たちが私に埋め込んだメッセージの威力はどんな時も絶大で、振り返ってみれば、本人も自覚のないところで、常に私を救ってくれていた。彼女たちはよく観察することを、抗《あらが》うことを、逃げることを、教えてくれた。彼女たちはいつも、私が直面している現実への、カウンターパンチだった。そして、希望だった。

十代の頃、少女漫画家たちの、生活や仕事のエッセイを読むのが好きだった。特に、大島弓子や岩館真理子《いわだてまりこ》の、猫と暮らしながら、家で仕事をしている日々が心に残った。ポイントは、家で仕事をしていること（もちろん猫の存在も）だったのだと思う。当時、テレビの中の働く女性たちは、職場でセクハラに遭い、寿退社をせずに働き続けていると、お局《つぼね》だと陰口を叩かれていた。

この世界には、年齢を気にせずに、家でできる仕事が存在している。

その事実は、とても明るかった。締め切りでボロボロになっている姿さえ、うらやましかった。

だいぶ後になって知るヴァージニア・ウルフの「自分だけの部屋」を、はじめに感覚として理解したのは、彼女たちのエッセイ漫画からだったのではないかと、今になって思う。私は「自分だけの部屋」に憧れを抱いた。

もともと女性作家が好きだったことに加えて、彼女たちに守られていたことにも気づいた私は、今ではますます女性作家に夢中の日々を送っている。女性作家、の、女性、という言葉は、わざわざつける必要のない言葉であるし、違和感を覚える使われ方をしていることもある。でも、私にとってのそれは、心の躍ることであり、信頼の置ける証《あかし》でもある。作品や評伝などにできる限り触れるようにしているため、特にここ数年は、彼女たちのことばかり考えていた。

メイ・サートンは、『独り居の日記』（武田尚子訳、みすず書房）の中で、こう書いている。

今という時代は、しだいに多くの人間が、内面的な決断をすることのいよいよ少なく、真の選択をすることの乏しい生活のわなにはまりこんでいる。ある中年の独身女性が、家族の絆を何一つもたず、静まりかえった村のある家に一人住み、彼女自身の魂にだけ責任をもって生きているという事実には、何かの意味がある。彼女が作家であり、自分がどこにいるか、そして彼女の内面への巡礼の旅がどんなものであるか語ることができるのは、慰めになるかもしれないのだ。海沿いの岩の多い島に灯台守りがいると知ることが慰めになるように。ときどき私は暗くなってから散歩に出かける。そしてわが家に灯がともされて、生き生きとみえるとき、私がここに住んでいることにはかけがえのない価値がある、と感じる。

十代、二十代の頃の私は、彼女たちの「自分だけの部屋」は、生活は、仕事は、彼女たちが必死に、そして自覚的につかみ取ったものだ、ということに、しっかりと気づけていなかったようだ。物理的にも精神的にも、「自分だけの部屋」を手にいれることが、どれだけ大切なことであり、時に、メイ・サートンのように、自分のその姿と態度が、どこかの誰かを、今生きている誰かだけではなく、後の世界に生きる誰かをも、勇気づけることがあるのではないかと、多くの彼女たちがわかっていたことに、今になって思い至った。

そこまで自覚的ではなかったとしても、結果的にそうなったし、彼女たちが情熱をもってつくり出した作品は、時を超えて、人々の心に届く。より良い世界を信じて、自分という人間を尊重し、目の前の生活と仕事に一つ一つ地道に取り組む態度はまるで持続的な祈りのようで、女性作家たちの生活と祈りの現場に、私はずっと魅了され、救われてきたのだ。イサク・ディーネセン『バベットの晩餐会』（桝田啓介訳、ちくま文庫）の、一流の料理人だったが祖国と家族を失い、慎ましい老姉妹に料理をつくる日々を送っていたバベットは言う。「わたしは優れた芸術家なのです」。

去年の夏、荻窪にあるかつら文庫の見学に行った。石井桃子《いしいももこ》の書斎を見ることができると知ったからだ。一九五八年に石井桃子がはじめたかつら文庫の二階には、彼女が生活し、仕事をしていた部屋が今も残されている。

階段を上って、書棚のある短い廊下を過ぎると、小さな食堂になる。女生徒が二人描かれた小さな絵がふと目に触れ、そこには「May Youth's Dream Continue Forever」という言葉があった。

その奥に、横に長い部屋があり、半分は書斎、半分は本棚で区切られ寝室となっていた。寝室の片隅に浴室へのドアがある。

彼女が仕事をしていた、本棚に覆われた書斎の真ん中には、大きな机とイスがあり、使われていた辞書や文房具がそのまま残されていた。電子辞書もあった。本棚には、彼女が人生をかけて翻訳した夥《おびただ》しい数の児童書が詰まっていた。

べたっと床に座りこんで、使われていたイスのブランドや本の題名をメモしたり、残されたヘッドボードからかつて寝室にあったベッドの位置を推測しながら、気がついた。この部屋の間取りと家具の配置は、一人の女性が快適に過ごすために選択されたものであることに。

彼女はここで、生活し、仕事をし、たくさんの子どもと大人の人生を守った。それは同時に、彼女の人生を守ることでもあった。たくさんの彼女たちによる生活と祈りの積み重ねで、守られ、保たれ、前進した世界を、私たちもまた、守り、保ち、前進させ、積み重ねなければならない。それが彼女たちが教えてくれた方法だ。


(『日本のフェミニズム』二〇一七年十二月　河出書房新社)

青山みるく先生と『すてきなケティ』

小学校の低学年くらいの頃だと思うが、サンリオの『いちご新聞』の存在を知り、サンリオに行く機会があると買ってもらっていた。

『いちご新聞』で何よりも楽しみにしていたのは、青山みるく先生の連載「みるく・びすけっと・たいむ」だった。サンリオのキャラクター以上に、こんなにかわいい世界があるのかと、当時の私は脳天を打ち抜かれるくらいの衝撃を受け、新しい新聞を手に入れて彼女のイラストが目に入るたびに、その衝撃を毎度繰り返していた。

その後、「みるく・びすけっと・たいむ」の連載がまとめられた同タイトルの本も、ある日偶然書店で見つけて買い、事あるごとに見返していた。今も持っているが、すでに絶版である。それに、このシリーズは二冊出ているのに、私が持っているのは一冊だけだ。あの頃ネットがあったら調べて絶対に手に入れていたのにと遠い目になる。連載をすべて収めた愛蔵版をどこかの出版社で発売していただけないだろうかとずっと思っている。

青山みるく先生といえば『いちご新聞』、と脳裏に深く刻み込まれていた私は、ある日、書店で『すてきなケティ』という本に出会い、表紙を見てまたまた衝撃を受けた（衝撃、衝撃と大袈裟《おおげさ》だと思う人もいるかもしれないが、かわいいものへの経験知や耐性があまりない若かりし頃は、本当に一つ一つの出会いが衝撃であり、一大事だったのだ）。全部で四冊刊行されていたこのシリーズのイラストは、なんと青山みるく先生が担当していた。もちろん迷うことなく家にお連れしたのだが、私はこの本そのものに夢中になった。

十九世紀、ルイザ・メイ・オルコットの『若草物語』がベストセラーになった四年後に第一作が出版されたこのシリーズは、ケティというお転婆な女の子が家族とともに成長していくお話なのだが、日本の田舎に住んでいる私には彼女たちの生活がことさら眩《まぶ》しかった。

この物語の特徴の一つに、プレゼント攻撃がある。主な登場人物は皆、上流階級や名声に憧れたりしない、慎ましく、気持ちのいい人たちばかりなのだが、大切な人に贈り物をする時の愛の〝重さ〟がいい。

怪我をして寝たきりになったケティに従姉妹《いとこ》のヘレンが毎週のように送る小さなプレゼント（鉛筆で走り書きした手紙、楽しい本や雑誌、部屋の小さな飾り……）。ケティが船旅に出ると、友人のローズ・レッドは船の係員にその間毎日一つずつケティに渡してくれるようにと、日数分の手紙や小包を託す（緑色の表紙のエマーソンの詩集、万年筆の入った箱、においぶくろ、いいにおいのスミレせっけん……）。

最も好きな二作目『すてきなケティの寮生活』に出てくる、家族と遠く離れクリスマスを過ごさないといけないケティと妹のクローバーのもとに、家族からの贈り物や手作りのお菓子や果物や花が詰まった二つの箱が届く場面は、これでもかと細かく描写される箱の中身に興奮して、何度も読み返した。明け方、我慢できずに起き出したケティが手探りで見つけた、寒さで凍りかけた「指輪のように指にはまる、まんなかに穴のあいたまるいおかし」（ドーナツ?）をクローバーとともに舐めながら夜明けを待ち、次の日、学校中の人たちに惜しみなくお菓子をお裾分けして、いい人すぎるだろと学校の伝説になるところなど、今読むと、愛のダイナミズムを感じる。あの頃の私は、凍りかけのお菓子を食べてみたくて仕方なかった。小さいドーナツを冷凍庫で凍らせればよかったと思うのだが、なぜか思い至らず、本の中の、遠い世界に憧れてばかりいた。

（『朝日新聞』「大好きだった」二〇二一年二月一日）

ドラマ『悪女』に見た希望

私が十代の頃、テレビの中では、女性がセクハラされるのが日常のこととして描かれていた。

今でも忘れられないドラマの場面がある。それはショートオムニバスドラマで、会社の温泉旅行の幹事になったＯＬが主人公だった。宴会の出し物の一つとして、浴衣を着た新人ＯＬたちがステージの上に呼び集められ、周囲の男性社員たちが合図して、女性たちの浴衣の裾を引っ張り上げる。当然彼女たちの下着が露になり、彼女たちが悲鳴を上げる一方、男性社員たちは大喜びするという場面だった。

主人公のＯＬの目にそれは醜悪なものとして映っており、男性社員たちの酔いに任せたセクハラの現場の数々を写真に収めた彼女は、旅行後、記念写真ですとそれらの写真を彼らに配ってまわり、復讐する、という話だった。セクハラは悪いことという意識はあっても、いつもどこか冗談めかされ、軽いものとして描かれていた。私は子どもで、当時の実際の会社の状況を知る由《よし》もなかったけれど、テレビの中の女性社員は、お茶汲《く》みをし、コピーを取り、男性社員に茶化されたり、馬鹿にされたりしていた。

だから、一九九二年に放送がはじまったドラマ『悪女《わる》』は、信じられないくらい、面白かった。

近江物産という大手の会社の末端にコネで入ったダメダメOL、田中麻理鈴《まりりん》が、謎のベテランOL峰岸さん（倍賞美津子）の「ねえ、出世したくない？」という口車にのって、裏技を駆使して出世する物語だ。私は連載中だった原作の漫画のファンでもあったのだが、とにかくこの作品は、OLなんて寿《ことぶき》退社するのが当たり前とされているなかで、マリリンが数々のミッションをこなしてゲーム感覚で出世していくのが、斬新だった。

ドラマ版のテーマ曲や挿入歌がどれも良く、冒頭でマリリンを演じる石田ひかりが一粒の涙を流すのだけど、それが目薬だったことがわかるオープニングなど、今見てもとても好きだ。

そう、何十年ぶりにこのドラマを見てみた。古いところはもちろんあるけれど、相変わらずやっぱり面白くて、でも、秘書という仕事に対して、「主婦みたいですね」「秘書を使える立場になりたい」と言い放つマリリンには、そうじゃないだろ、と今なら思う。「過労死するまでがんばります！」という彼女の自己紹介のセリフは、女性はがんばるものではない、とする固定観念の反転だったのだが、今聞くとぎょっとしてしまう。男性社会の中での一握りの人たちの出世よりも、誰もが生きやすい社会を構築することのほうが重要だけれど、この作品で扱われる「出世」は、「女性と出世」をありえない組み合わせだとする社会へのカウンターだった。

男性社会の構造の問題があまり突き詰められず、女性たちのがんばりを促す方向に行きがちなのも時代の限界を感じる。当時の私は、最終回に不満があった。中学生だったので、原作のように、いろんなミッションをこなしていくマリリンが見たかったのに、なんだか中途半端に終わってしまったように感じたのだ。でも、見返してみると、よくまとめられた、とてもいい最終回だった。

「OLみんな、田中麻理鈴よ」

峰岸さんの言葉の通り、『悪女』は、マリリンだけじゃなくて、同じ時代を生きるさまざまな女性のあり方を描いていた。

峰岸さん、という稀有《けう》な女性のメンターを心から必要としていた優秀な木村さん（渡辺満里奈）、三十歳になるまでに三千万貯めるために副業しケチりまくる梨田さん（河合美智子）、会社にはモテるために来ている、その時代に求められていたOL像を鶴田真由が面白く演じてみせた佐々木さん。焼き鳥屋で働いている涼子さん（石野陽子）は、マリリンと友情を築いて彼女を助け、明らかに「平均的な若い女」とは違うマリリンを好きになった男性社員石井さん（永瀬正敏）に、マリリンを好きになるってことは、おまえ普通の男じゃないな、という惚れ方をするのだが、こっちはそんな涼子さんに惚れる。隠れるように存在していたアウトサイダーの女性たちが、規格外のマリリンの魅力に気づき、彼女をサポートするのと、最初はマリリンを疎んじていた女性たちが徐々に自分の中の「マリリン性」に目覚めていく過程が、この作品では繰り返される（マリリンが仲良くなった女性と、うっひゃーと自転車の二人乗りをするシーンが何度もあるところも最高）。つまり、徹頭徹尾、女性たちにフォーカスしていた。

最終回、二人のベテランＯＬ、峰岸さんと、総務の宇田川チーフ（岡本麗）はこう語り合う。

峰岸「両方バランスよくできる時代ってくるのかな？」
宇田川「女が女のまま仕事ができる世の中？」
峰岸「そう、結婚してもしなくてもいい、子どもを産んでも産まなくてもいい、自由で軽やかな時代。今、女性が試されてるのかもね」

峰岸さんは、マリリンに未来の希望を見たのだなと、今ならよくわかる。田中麻理鈴という希望とともに、女性が自由に生きられる世界という夢を社会に放ったのが、『悪女』だった。

（『朝日新聞』「大好きだった」二〇二一年二月八日）

喪失とデイジーの花

　高校二年間をアメリカで過ごした後、日本に帰ってきてからは、住んでいた姫路から大阪の学校に通っていた。

　学校帰りの楽しみは、姫路の駅前にかつてあったファッションビル、フォーラス（当時、下の階はナイスクラップなどの服屋が入っていたが、上の階に行くにつれて古着屋なども現れ、自由度が上がっていった）に入っていたタワーレコードで、新譜を試聴することだった。今とは違い、YouTube も音楽配信もなく、ラジオや有線を聴く習慣がない私にとって、それは新しい音楽に出会える少ないチャンスだった。

　ある日、いつものようにタワーレコードに寄ると、試聴コーナーで、目に飛び込んできたアルバムジャケットがあった。二人の人が夜空を飛んでいるイラストが描かれていて、片方の人は犬を連れている。

　三日月の横には、

eels
electro-shock blues

と、手書きの文字が書かれていた。

気になったので、早速ヘッドフォンを装着し、おすすめ曲だとスタッフの手書きコメントがついていた「Last Stop：This Town」を聴いてみた。

ガサガサとした優しい声が、

君は死んで、世界は回り続ける
君がいなくなった世界を見て回らないか

と歌いはじめる。歌詞に驚いているうちに、気づけば、私はその場に立ったまま泣いていた。

この歌は、死んだ誰かに対して、最後にもう一度この街に来ないかと呼びかけていて、その呼びかけに応じる声がある。頭にぱっと情景が浮かんだ。まるで短編小説のような歌だった。

迷わずにそのＣＤを買ったのだが、その後、じっくりと聴いてみて、私はＥという人がつくる歌がとても好きになった。陰鬱で、悲しくて、でもなぜか、どこか明るい。独特の物語性があって、多くの曲がSFやファンタジーのような世界観を有していた。お葬式の歌がいくつもあり、「病院食」というタイトルの歌があったりした。

数年後に出たアルバム、『Daisies of the Galaxy』のCDに入っていたライナーノーツを読んで、私ははじめて『electro-shock blues』がどういうアルバムだったかを知った。この世界から永遠に去ってしまった姉に捧げられた作品だったのだ。そして、『Daisies of the Galaxy』には、前作のツアー中に闘病していた癌《がん》で亡くなった母への思いが込められている。「ロケットの発射や繁華街なんかよりも私は鳥が好き」と歌う、「I Like Birds」という歌が私はとても好きなのだが、それは彼の母がそうだったらしい。深い喪失の中で、それでもコンクリートから挫《くじ》けずに顔を出すデイジーの花について歌う人の音楽は、今ではすっかり私の一部になっている。

(『朝日新聞』「大好きだった」二〇二一年二月十五日)

ミスタードーナツの思い出

十代の頃、何をおしゃれと思っていたかというと、ミスタードーナツだった。

私が中学生の頃、駅前のみゆき通りの端っこに、姫路城が見晴らせるミスタードーナツがあった（姫路はどこにいてもだいたい姫路城が見晴らせた）。駅前で何か用事があったり、母と待ち合わせをしたりする時に、ミスタードーナツに寄るのを楽しみにしていた。

コーヒーカップのぽってりとした感じとドーナツの組み合わせに憧れていたのだが、私はコーヒーが苦くて飲めず、今でもミルクを入れないと無理なので、もっぱらジンジャーエールばかり頼んでいた。その頃はジンジャーエールも私的にはめずらしく、大人っぽい気持ちになりながら飲んでいた。おそらくジンジャーエールをはじめて飲んだのもミスタードーナツだったような気がする。大人になってから、カフェオレとドーナツでキメられるようになり、うれしかった。

当時、ミスタードーナツで私が信じられないほどおしゃれだと思っていたのが、かの「D－ポップ」という商品だった。

これは、一口サイズのまん丸のドーナツが六種類、紙の容器に入っていて、ココナッツがまぶされているチョコレート味だとか、黄色の歯応えのある小さなトッピングがついているのとか、見た目からしてキャッチーで、こんなかわいいもんがあるんかよと夢中だった。食べる時はいつも、一つ一つかみしめるようにして味わった。数年前に復刻されたらしいのだけど、あの頃のように感動することはないだろうと思い、食べていない。でも、ココナッツがまぶされたチョコレートドーナツは今も好物である。

ミスタードーナツといえば、もう一つ忘れてはいけないのが、ポイントを集めてもらえるオリジナルのオサムグッズだ。カジュアルな雰囲気のあるイラストがこれまたおしゃれで、血眼《ちまなこ》でポイントを集めていた。一度、『不思議の国のアリス』などの童話テイストの絵が描かれた缶がもらえる時があり、青い海賊の缶をあまりにも気に入ったので、いままでも大切に保管している。あの頃大人だったら、もっと本気でグッズを集められたのにと口惜しい。なので、最近のオサムグッズのグッズの復刻には心が躍り続けている。ミスタードーナツでもこれからもっとオサムグッズをつくってほしい。

残念なのが、今住んでいる街にミスタードーナツがないことである。ミスタードーナツがある街にすればよかった！　と本気で後悔している。次に引っ越しするなら、絶対にミスタードーナツがある街にしたい。

（『朝日新聞』「大好きだった」二〇二一年二月二十二日）

離れがたき二人

石井桃子の『幻の朱い実』は、三十代で亡くなった親友と石井自身をモデルにしており、石井は七十九歳でこの小説を書きはじめた。「私たちの〝あの人〟のことをそろそろ書きましょう、（略）あの人のことを知る人がだれもいなくなってしまうから」と共通の友人と話したことが執筆動機だと石井は語っている。

シモーヌ・ド・ボーヴォワールの『離れがたき二人』もまた、早くに亡くなった親友と彼女自身をモデルにした作品であり、半世紀以上未発表のままだった。九歳のシルヴィーは、同い年のアンドレと出会い、親友になる。「離れがたき二人」と周囲に呼ばれるほど、強く結びついた彼女たちはともに歳を重ねるが、アンドレは若くして帰らぬ人になってしまう。

なぜアンドレは亡くなってしまうのか。ヒントは、二人の出会いからずっと、日常の中に潜んでいる家父長制にある。敬虔《けいけん》なブルジョア家庭に育ったアンドレは、恵まれているようで、その実本当の意味での自由を認められていない。成長するにつれ、家父長制は牙をむき、アンドレを追いつめていく。「結婚」という未来しか与えられなかったアンドレの母は、同じ未来を娘に強いてしまう。彼女もまた、家父長制の犠牲者である。自己を否定され続けたアンドレはまるで悪循環の輪を断ち切るように、この世界から消えてしまう。

隣でいつも眩しかった、才能溢れる親友を永遠に失ってしまった、生き残った片割れは、亡き親友をこの世に刻みつけるように書く。彼女について書けるのは、彼女だけだからだ。二人の女性の幸福な時間を綴れば綴るほど、二人がそのまま幸せに生きられなかった時代、そして社会の不条理さ、残酷さが浮き彫りになる。二人の時間が、この世界への批評になり、告発になるのだ。なんと真っすぐで哀しい告発だろうか。二人を離れ離れにした家父長制がいまだ絶滅していない現代において、彼女たちの声は生き続けている。

（『共同通信』二〇二一年）

彼女自身の物語の創造

数年前の春、ロンドンで小さなカフェに行った。煉瓦《れんが》造りの、雰囲気のある建物だった。駅が近く、向かいが現代的な建物だったこともあって、そのギャップに少し戸惑った。私はどうしてもそのカフェに行きたかった。なぜなら、その場所は、『オレンジだけが果物じゃない』の作者、ジャネット・ウィンターソンが経営するカフェだったからだ。私が行った時は残念ながら不在だったけれど、イギリス在住の友人は一度だけ、お店の奥にいる彼女の姿を見たことがあるそうだ。

私はカフェオレを飲み、朝の短い時間をしばらくそこで過ごした。食料品も扱っているその店は、レジ前にオレンジが売られていて、これはやはり彼女の作品名に因《ちな》んでいるのかなと思いながら、一つ買った。訳者の岸本佐知子さんへのお土産にしたかったのだが、さすがに日本に持って帰れないだろうと諦めた。その後、そのお店は税金の高騰により、閉店してしまった。

『オレンジだけが果物じゃない』は、作者の半自伝的作品と言われている。狂信的なキリスト教徒の養母に育てられた主人公のジャネットは、周囲になじめず、学校でもとことん浮いている。同性に恋心を抱いたことで自分がレズビアンであることに気づいた彼女は、それまでの奇妙な生活に別れを告げ、新しい人生に一人踏み出していくことになる。不思議なのは、この作品には、一章ごとに「創世記」「レビ記」と、聖書からの名前がついていることだ。

どうしてだろうとはじめて読んだ際に考えたのだが、それはきっと、過去の彼女にとって唯一無二の真理だった聖書を自ら書き直し、彼女自身の物語を創造する、という切実な試みだったのだろう。作者の痛みを伴うユーモアが愛おしくてたまらない、勇敢な一冊だ。

（『読売新聞』「文庫×世界文学 名著60」二〇二一年一月十七日）

『トランペット』と一緒の旅

ジャッキー・ケイの『トランペット』は、羽田空港のターミナルロビーで読みはじめた。飛行機の中で読み終えるつもりだったのだけれど、すぐに眠ってしまい、ヒースロー空港に到着し、特急や地下鉄を乗り継いでリヴァプール・ストリート駅から北に向かう列車にようやく乗り継いだ時も、まだ物語のはじまりにいた。

目的地のノリッジを訪れるのは三年ぶりで、三年前にも昼食を調達した同じお店で買った大きなバゲットサンドを食べながら、続きを読んだ。サンドイッチはモッツァレラチーズとハムが挟んであって、おいしい、おいしい、と一口ごとに思いながら食べた。

座席を予約する時に、Quiet Coach という、話をしたり、音を鳴らしたりしてはいけない車両を試しに選んでいたので、とても静かだった。先に隣の席に座っていた淡いピンク色のシャツを着た大柄の女性と、私が窓側の席に座る際に少しやりとりをしたので、その後も何か話したいような気持ちに一瞬かられたのだけど、話してはいけない車両だったので、お互い進行方向を見て静かにしていた。スーツを着た人も多く、都会の職場からこうやって静かに座って、それぞれの家へと帰っていく人たちの様子が目に新しかった。隣のピンク色のシャツの女性は、テーブルにのせた透明な水筒から時々水を飲んでいた。

外は曇り空で、平野が続いていた。駅に近づくと、住宅やお店が現れる。駅から離れると、また平野になる。その繰り返しだった。『トランペット』に登場する、夫と死別し、マスコミや世の中の詮索から逃れるようにスコットランドの海辺の町に逃げてきた、打ちひしがれたミリセントが見ている空の色と、今私が見ている空の色が同じ色に思えて仕方なかった。

ジョス・ムーディという有名なトランペット奏者が死んだ後、世の中は大騒ぎをした。彼が女性の体を持っていたことがわかったからだ。彼のことを、「彼女」と言いなおす人たちがいて、騙《だま》されたと騒ぐ人たちがいた。ジョスの妻ミリセントは「わたしたちの秘密は無害だった。誰も傷つけないものだった」と思う。彼女にとって、ジョスは彼でしかなく、結婚生活は二人にとって当たり前のことだった。二人は一九五五年に出会い、はじめて彼に秘密を告げられた時も、ミリセントの気持ちは変わらなかった。ジョスは九四年に亡くなった。彼女は彼を愛したし、彼は彼女を愛した。それだけのことだった。

ミリセントの語る愛と信頼に築きあげられた結婚生活について読んでいると、あることを思い出した。もう何十年も前のほとんど忘れかけていた出来事で、これまでは思い出すことがあっても、それを疑問に思ったり、考えを先に進めたりすることがなかった。でも、最近の世の中で少しずつ受け入れられはじめていること、そして『トランペット』を読んでいて思い出したことで、私はこれまで考えもしなかったことに気づいた。

アメリカのコロラド州に住む叔母夫婦の家から、近くの公立中学校にしばらく通っていたことがある。新学期がはじまる前に、学校の中庭に生徒の家族が集まってピクニックをする日があった。生徒と家族たちは広い芝生に散らばり、ピクニックシートをしいて、その上に料理の入ったタッパーやサイダーの缶を並べ、それぞれ時間を過ごしていた。叔母は交流会的な側面を考えて、日本の料理があった方がいいだろうと太巻きなどを用意していたが、この雰囲気だったらもっと適当でもよかったね、と言っていた。私はまとまった期間をアメリカで過ごすのがはじめてで、英語も話せず、そもそも引っ込み思案な性格だったので、シートに座ってじっとまわりを見上げていた。

ふとした瞬間、目の前を一人の男の子が通り過ぎた。短パンにTシャツの彼は、柔らかそうな髪の毛で、きれいな顔をしていた。すらっとした足で快活そうに動き回って笑っている彼に、私はなんだか目を奪われてしまった。日本にいる時に読んでいた異国を舞台にした物語に出てきそうな子だと思った。誰かを好きになってみたい年頃だったので、私は簡単に、この子のことを好きになった。これが一目惚れかと感動さえしていた。叔父が話しかけたのか、その子が同じ学年であることがわかり、よろしくね、と私に向かって彼は微笑んだ。

学校がはじまると、受講しているクラスが違うのか、その子のことはあまり見かけなかった。たまに見かけると、静かにじっと見つめた。ジーンズやパーカー姿の彼が、リュックを背負い、教科書を抱え、次の授業が行われる教室に真面目な顔をして向かっていく姿は、やはり素敵だった。

びっくりしたのは、男女別の体育の授業に、その子がいたことだ。その子は女の子だったのだ。制服がないので、髪型や体型、服装ではまったくわからなかったし、同じくショートカットの私もそうだったけれど、まだ自然に男の子に見える年頃でもあった。Tシャツとショートパンツの彼女は、ひょうきんな動きと表情を見せて、走り回っている。元気な子だった。

なんだ、女の子だったのか、と軽くショックを覚えた私は、その瞬間、その子のことが好きじゃなくなった。なぜなら、女の子だったから。目の前で飛び跳ねているその子は、今では女の子にしか見えなかった。女の子だったことにがっかりした私は、私の理想の男の子を消してしまったその子のことが少し嫌いになってしまった。その後は、興味が冷めてしまい、学校で見かけても、だんだん目に入らなくなった。

この記憶をごく稀《まれ》に思い出すことがあっても、これまでは、そういえば私の初恋は女の子だったな、と少し面白い笑い話のように感じていた。勘違いした私を、馬鹿だなあと思っていた。人に話すことも特になかった。

けれど、今思い返すと、彼女のことを好きじゃなくなった自分を哀れに思う。なんだ、女の子だったのか、と、スイッチを切るように一瞬で気持ちを切り替え、恋愛に憧れる子どもの感情の戯《たわむ》れに近かったとしても恋心を消してしまった私のことを。その子は素敵なままだったのに。

女の子が女の子を好きになってもなんらおかしいことはないのだと、その時の私が知っていたら、何か違っていただろうか。同じ体育の授業にいるその子を見て、やった、同じクラスがあると、喜んでいたのではないだろうか。十代のはじめの私が、その頃には恋愛は異性同士で行うものであり、それが普通だという長年維持されてきた社会規範をすでに吸収し、内面化させていたことを、ただ残念に思う。むしろ若かったからこそ世の中の社会規範は絶対ではないという単純な事実を知らなかったのかもしれない。私は学べて良かった、知ることができて良かった、世の中が少しずつ変わって良かった、と思っていることがたくさんあるけれど、でも、はじめから当たり前のことになっていたら良かった、選択肢がもっとあったら良かった、と思うこともたくさんある。これは、好きでいることができなかった、残念な私の記憶だ。

窓の外は、だんだん暗くなっていき、何の明かりもない平野は少し恐ろしく思えるほどだった。日本の蛍光灯に比べると明らかに暗いそれらの明かりに、まだ目が慣れていなかったけれど、駅や駅の売店、住宅の明かりを見るとやはりホッとした。しばらくすると列車がノリッジに到着することがわかったので、私は本を閉じた。

ノリッジで数日過ごした後、戻ったロンドンで仕事がはじまり、再びノリッジ、そしてシェフィールドを訪れ、さまざまな場所に行ったけれど、リュックの中には常に『トランペット』があった。時間を見つけては、少しずつ読んだ。

『トランペット』は、世の中は関係なく、好きな人のことを、ずっと好きだった二人の物語で、同時に、自分が知っていると思っていた誰かの「秘密」に触れた時に、各々がどう思い、どう考え、どう行動するかという、個人の分別の物語でもある。戸籍係のムハンマド・ナハール・シャリフと、昔の同級生メイ・ハートの章に特に惹かれた。ムハンマドは「男性」という言葉に赤線が引かれ、「女性」と書き直された死亡診断書を見て、「赤ペンの使用は必要のない暴力」だと感じ、死亡届に「ジョゼフィン」ではなく「ジョス」と書き入れる。メイは男性となって暮らしていたかつての友人の写真を見て、「スタイルがあるってこういうことよ！　このスーツ見て！」と、感激を覚える。この人たちのことを、私はとても好きだと思った。

今回仕事で会ったイギリスに住む人たちとアリ・スミスの話をしていたら、その流れでジャッキー・ケイを勧められた。今『トランペット』を読んでいると伝えると、とても喜んでくれ、彼女の話をしてくれた。書店でジャッキー・ケイの本を見つけるとうれしくなり、何冊か買った。この場所で、彼女がとても愛されていることが伝わってくる日々だった。

仕事の休みの日に行った大英博物館では、小学校のツアーが行われていて、いたるところで子どもたちが駆け回ったり、真面目にノートを取ったりしていた。彼らは制服を着ていたのだけど、女の子もズボンを選択していいらしく、たくさんの女の子たちがズボンをはいていた。いい光景だった。どちらでもいい、どっちを選んでもいいという状態はとても優しくて、大切なことだ。自分の気持ちと選択は少しもおかしくない、と日常的に感じることができたら、こんなに素敵なことはない。

日本に帰る日の昼間には、ダリッジ・ピクチャー・ギャラリーで、ヴァネッサ・ベルの展示を見た。そこでも小学校のツアーが行われていて、学芸員が「Nude with Poppies」という、だいぶ抽象化されてはいるけれどヌード画の前で児童に説明をしていた。

「じゃあみんな、このポーズの真似をしてみましょう」

彼女の朗らかな声を合図に、子どもたちは一斉に床に倒れ込むと、真剣な顔でヌード画を見つめ、そのポーズを真似しはじめた。不謹慎なんて言葉は微塵《みじん》も浮かばなかったし、その楽しい出来事に見送られるように、ずっと『トランペット』と一緒だった旅を終え、私は日本に帰ってきた。

（『図書』二〇一七年七月号　岩波書店）

内側からの自然な声

去年、ニューヨークで個人経営の小さな書店をいくつか回った時に、クロエ・カルドウェルの『WOMEN』という小さな本に出会った。それはちょうどチママンダ・ンゴズィ・アディーチェの『WE SHOULD ALL BE FEMINISTS』やレベッカ・ソルニットの『Men Explain Things to Me』が刊行され話題になっていた頃で、訪れたどの書店でも並べられていた。その並べられ方から、それらの本が愛されているのがよくわかった。どちらも一般的なハードカバーやペーパーバックの大きさではない、印象的な、小さいサイズの本だ。そのほかにも、一般的な大きさではない本がいろいろと並べられていて、目にも楽しく、心に残った（不思議なことに、それらの本はバーンズ・アンド・ノーブルなど、大きな書店に行くと、途端に目につかなくなった）。

『WOMEN』も、スモールプレスから刊行された、小冊子とも呼べるような、卵色をした薄い本だ。ストレートの若い作家である「わたし」と、フィンという名前の十九歳年上のレズビアンの女性の恋愛のはじまりから終わりまでが書かれている。パラパラと読んでいると、ふたりがはじめてセックスをする場面が目に留まった。「わたし」はそれまで女性と経験したことがない。その時、脚の毛を剃《そ》っていなかった「わたし」は、フィンの前でレギンスを脱ぎたくないと思う（「冬だったし、しばらくセックスしていなかったから何週間も脱毛していなかったし、だから恥ずかしかった」）。恥ずかしがる「わたし」に、フィンは言う。「女同士はそんなこと気にしないもんだよ」。

フィンとのセックスを、「わたし」はこう言葉にする。

「フィンとのセックスの後には、後始末の時間は存在しない。わたしの体の中に精液が残る恐れもない。バスルームまでわざわざ行く必要もない。ベッドに敷かれたくたくたのタオルもない。床の上にも、トイレの中にも、コンドームはなし。終わってからの、別々のバスルームタイムもなし。わたしたちはベッドから出ない。眠って、話をして、またやる。めちゃくちゃキスする。深くて、心地のよい眠り。いい子だね、愛しい子。フィンはわたしをいかせる時に言う。五カ月後、彼女がもうそう言ってくれなくなったことにわたしは気づいた」

読みはじめてからすぐ、私はこの二つの場面で泣いてしまった。私は、自分の中にある脚の毛を気にしないといけなかった記憶や、使い終わったコンドームの記憶に自分が疲れていたことに、はじめて気がついた。癒された、としか言えない感覚だった。優れたディテールは、人の心を癒すことができる。一瞬で、人の心を物語に結びつけることができる。

小さなディテールには、大きなパワーが宿っている。『WOMEN』は着ていた服、食べたもの、飲んだもの、なにげない会話や動作など、細かなディテールの積み重ねの中で、ふたりの女性の恋がただはじまり、ただ終わる。物語的な、劇的な展開もないし、あまりに個人的で親密な瞬間の積み重ね（「男の人と付き合っていた時、わたしは自分を抑えていた。別れた彼氏の一人はいらついた声で、おまえ、今日二回もメールしてきただろ、と言ったことがある。二回！　フィンとわたしは、毎日七十五回以上メールするのも余裕だった」）に、何も知らずに読みはじめた私は、これは作家の自伝的エッセイに違いないと最後まで思っていた。実際は「ほぼ自伝的」な小説であり、作家はこれまでに出会った複数の女性たちの思い出から力を借り、フィンを創造した。私は「わたし」と同じようにフィンをこんなによく知っているのに、彼女がこの世に存在しないことがいまだに信じられない。

本の中で「わたし」は、女性に恋をしたことに戸惑い、自分のセクシャリティについて考えることになるが、実際の作家は現在バイセクシャルであることに違和は感じていない。BuzzFeed LGBTQ のインタビューの中で、「いまでも自分をどうカテゴライズすればいいのかわからないし、本当に混乱してしまう。口に出すことに気後《きおく》れしてしまう。それがないと実際自分も混乱するから、自分のある部分は心からカテゴリーを求めているけど、同時に恐ろしくもある」と自分のセクシャリティについて語っている。このインタビューには、「クロエ・カルドウェルは、偉大な文学には男性の声は必要ないということを証明した」という、熱い見出しがついている。

恋がはじまった頃、「わたし」はフィンに、レズビアンがどうやってセックスするのかわからないんだけど、ディルドとかヴァイブレーターを使うの？　と訊《たず》ねる。「人によって違う」とフィンは答える。「一回一回違うよ」と。外側にいた「わたし」は、フィンとの出会いによって、内側になめらかに入っていく。作家が創造したのは、他者に定義されたり、語られたりするのではない、当事者であるふたりの対話であり、時間であり、それ以上でもそれ以下でもない、内側からの自然な声だ。

「一つ目、二つ目、三つ目？　背中の後ろで彼女が言う。なに？　ああ。ブラのホックのことか。まだ留めていなかったから、彼女はどのホックを留めてほしいかわたしに聞いたのだ。一つ目、二つ目、三つ目？　さあ、とわたしは答えた。どれでも良かった。じゃあ二つ目。わかんないけど。こんなことを聞いた人ははじめてだった」

フィンと「わたし」の声を聞くことができて、私はうれしい。そして彼女たちの声が自分の内側にもあることを発見できたことが、本当にうれしい。

（『すばる』二〇一六年八月号　集英社）

韓国の小説と、「個人的なことは政治的なこと」

キム・ヨンス『ワンダーボーイ』は、私が韓国文学のファンになったきっかけの一冊だ。八〇年代の軍事独裁政権下の韓国を舞台にしたこの小説は、事故によって超能力を得た少年の成長譚《たん》だが、スーパーパワーで人々を救うタイプの物語ではない。むしろ、本当のスーパーパワーとは何なのか、もし力を持っているならばそれをどう使うべきなのか、と考えさせられる。

政治利用できなくなった少年を「国家的損失」でもう用無しだと足蹴にする大佐と、「今とは違う世の中」を信じて権力に戦いを挑む市井の人々との鮮やかな対比が、少年の目から語られる。ゲリラ的に出版活動を行っているジェジン氏が、厳しい検閲下で、朝鮮戦争の被害者遺族の苦しみを記した証言集『今でも言えない』を出版するエピソードが心を打つ。

彼は、被害者遺族の「私は一言も言ってない」「そんなこと、どんな言葉をもってして語れるか」といった言葉だけを掲載することで、今でも、口に出すなと遺族を抑圧する力が働いており、語ることができないほどの悲しみがあるのだと暗に示してみせる。そして、その語られなかった声に耳を傾け、理解することが大切なのだと少年に教える。

日本では、「文学に政治を持ち込むな」「音楽に政治を持ち込むな」といった言葉を折にふれて目にし、音楽や文学だけでなくあらゆる文化、ひいては日常においても、「政治的」であることを嫌厭《けんえん》する向きがあると常々感じてきた。だが、それは何を「政治」と捉えているかが違うだけではないだろうか。政治は私たちの生活にすべて反映されるものだ。ならば、政治について考え、行動するのは至極当たり前のことである。『ワンダーボーイ』はまさに「個人的なことは政治的なこと」が体現されていると思った。そして、今回紹介する五冊を含む、その後出会った韓国文学の数々が同じ核の部分を共有していることに、韓国の作家の政治的であることを当然とする態度に、心を動かされ続けている。

「韓国の現代作家のほとんどは政治的です。なぜなら、植民地化、軍事政権、民主化、IMF危機など、私たちは社会的に同じ経験を共有してきたからです。個人的なレベルでは、同年代の作家たちは皆、急速な都市化のもとで育ち、社会の大きな変化を経験した世代です。すべてがポジティブなものではありませんが、あらゆる意味でダイナミックでした。社会は一度も停滞せず、わずか二十年から三十年あまりの間にたくさんのことが起こりました。だから、作家たちはそのダイナミズムを共有し、変化の可能性を信じているのだと思います。それは実際に私たち自身の生活の中で起こったことですから。韓国に住んでいると退屈しません」と話してくれたのは、SF短編集『となりのヨンヒさん』の著者チョン・ソヨンさんだ。三月に東京でソヨンさんと私のトークイベントが開催されるはずだったのだが、コロナの感染拡大防止の観点から、延期になった。もし開催されていたら聞きたかったことを、今回SNSを通じてソヨンさんに答えていただいた。

『となりのヨンヒさん』は、隣に住んでいる異星人「ヨンヒさん」との短い交流を描いた表題作や、宇宙飛行士になるまであと一歩のところで事故に遭った女性が夢を叶える「宇宙流」、自らの居場所は他にあることに気づいていない孤独な生徒を先生が救う「雨上がり」などが収録されていて、あらゆる〝壁〟を消し去り、どんな小さな声でもすくい上げる優しい筆致に魅了される。慎重に言葉を選んで物語を書かれているのが伝わってくるので、作品を書くうえで心がけていることを教えてもらった。

「登場人物の外見を書き込まないように気をつけています。作家が細かく外見を描写するのは差別的になりかねないですし、読者の想像力を制限してしまう可能性もある。人が他者をどう見るかには、政治的、そして社会的な眼差《まなざ》しが反映されています。慎重に書かなければ、どれだけ髪が長いか、どれだけ目が大きいかを書くだけで、間違ったメッセージを発信することになります。人物の詳細を書くことは必要な時もありますが、私は必ずいつもよく考えることにしています。そして、ジェンダー・ニュートラルで書くように気をつけています。韓国語は〈彼、彼女、それ〉を区別しないのでそれが可能なのです。私は読者に、性別、見た目、年齢、偏見から自由になってもらいたい。見た目や年齢ではなく、登場人物の感情に共感してほしいと思っています」という彼女の返答は、個人的にも、とても腑に落ちるものだった。

優しさの描き方に『となりのヨンヒさん』と共通するものを感じるのが、チョン・セラン『フィフティ・ピープル』だ。大きな病院を媒介に交差する約五十人の人生の欠片が、ささやかだけれど、決して消えない確かな光を放つ。死、事故、失職など、自分自身に、そして周囲の人々に訪れる不幸の数々にどう対峙し、生きていくのか。それぞれが選んだ答えが切なく、愛おしい。

息子たちの結婚相手にまるで実の娘に対するような愛情を抱き、「菩薩じゃなく、修羅になってでも守ってやりたい子どもが四人いる」とあずきアイスを振り回すチェ・エソンや、司書の仕事を続けられなくなった後も、友人や周囲の人たちに本をすすめ、「誰もハンナが司書だということを知らないが、ハンナは司書として生きていくだろう。この先、どんな職業に就くかわからないけど、ひそかに司書でありつづけるだろう」という生き方をすることにしたキム・ハンナなど、この本の中で出会えて本当に良かった人たちだ。

ハン・ガン『菜食主義者』は、既存の社会のシステムに対して、「いいえ」を突きつける女性の物語だ。夫から「平凡な妻」と考えられていたヨンへは、突如としてベジタリアンになると言い出し、実際に肉を食べることを拒否しはじめる。

彼女が拒否するのは肉食だけではない。ブラジャー、夫の職場の人々との会食での社交、夫とのセックス、笑顔、家族への礼儀……、どれも女ならば、妻ならば、娘ならば、受け入れるものだとされていることだ。日本もわりとそうであるが、上下関係が厳しく、家族のつながりが強い韓国で、「普通」を拒否し、謝ることさえしない彼女は、あっという間に「不可解で恐ろしい女」というレッテルを貼られる。すべてを否定し、人間であることからさえも自らを解き放とうとする彼女の姿は同時に、「普通」であることを強要する家族や社会の冷酷さと暴力性を浮かび上がらせる。

ペク・スリン『惨憺たる光』は、喪失をめぐる短編集である。それぞれの人生が奇跡的に交わった瞬間は、奇跡を奇跡とも思わず、互いにわかりあうこともできず、永遠にその瞬間が失われてしまってからはじめて気づくことがある。その残酷さと人間の無力さを嫌というほど思い知らされるが、失われた瞬間の美しさにも息を飲む。

祖父の後妻である華僑の女性に一度も心を開かなかった語り手が、彼女とのある一瞬の思い出を回想する「中国人の祖母」や、喪失の記憶にその後の人生を拘束され、とらわれ続ける人々を描いた表題作など、どの作品にも心をかき乱されるが、最も印象的だったのは、胎児の時に「こんなに恐ろしい世の中でこの子をちゃんと育てられるかしら」という母親の独り言を聞いて恐ろしくなり、そのまま十四歳になるまで母のお腹の中で生きることにした少女が語り手の「国境の夜」だ。お腹から出てこない娘を連れ、ベルリンに旅をした両親は、かつて存在したベルリンの壁を訪れ、チェコへの国境を越える。南北の境界線がある日常しか知らなかった少女は、こんなにも簡単に国境を越えることができるのかと感嘆し、自分自身も外の世界への〝国境〟を越えるのだ。

（『週刊文春』二〇二〇年五月七日・十四日号　文藝春秋）

『ユンヒへ』に降り積もる雪

これを書いている二日前に雪が降り、十センチほど積もった。大雪が降る街に長く住んだことがないせいかもしれないが、私は雪が好きだ。雪が降っていると、ついつい空を長い間眺めてしまう。なぜだかわからないが、雪がちらつく灰色の空を見ていると、心が落ち着くのだ。

今も心に残っているのは、高校生の頃、二年間を過ごしたコロラドの雪景色だ。コロラドは冬になると真っ白になる（ただ気温としては暖かい日もあり、Tシャツで校舎を移動している子たちがざらにいて、不思議な光景だった）。今でも雪が降ると、その頃、寮の窓から雪を眺めながら聴いていた、Lisa Loeb & Nine Stories の「Snow Day」という歌を必ず一度は再生するのが私の決まりになっている。そして私は、雪の降る場面のある映画が好きだ。

イム・デヒョン監督の映画『ユンヒへ』は、レズビアンのシングルマザー、ユンヒが主人公の作品だ。彼女は娘と一緒に北海道の小樽に旅行をするのだが、実はその街は、二十年前に別れ別れになったジュンが住んでいる場所だった。ユンヒは土産物のお店でイヤリングを買い、一人お酒を飲む。このバーの店員との、韓国語と日本語の言葉の壁を超えたやりとりは胸を打つ。ユンヒがいる街で、ジュンはいつものように職場に通う。

映画を見ている最中、痺《しび》れを切らした私は、どうして早く連絡を取らないのか、会いに行かないのか、こんなにも近くにいるのにと、つい思ってしまい、ハッとした。近くにいるからと気軽に会いに行けるような、そんな二十年間を二人は送ることができなかったのだ。二人の二十年間の重みを軽んじてしまうことを、この映画は許さない。二人がそれぞれの日常を過ごすことで、それだけでその悲しい事実を暴いてみせた、この静かで穏やかな作品は本当に素晴らしい。

小樽の雪景色の中に、中年女性となった二人の語られなかった二十年間が静かに息づき、雪のように何層にも積み重なった「一緒にいられない」ことの重さが、観客一人一人の心の中に降り積もる。「雪はいつやむのかしら」というセリフが印象的なのだけれど、雪を止めるのは、雪を止めなくてはならないのは、彼女たちではなく、社会であり、その社会に住む私たちである。当たり前だけれど、一緒に生きられなかった間も、二人の時間は流れている。否応《いやおう》なく。時間は優しいのか、それとも残酷なのか。たくさんのことを思った。多くの人にこの作品を見てもらいたい。

（『神戸新聞』「猫の毛まみれのキーボード」二〇二二年二月五日）

ハイエナとして生きていく

韓国ドラマ『ハイエナ』が好きなのは、虐げられた娘たちの物語であること、助け合って生きていくことを決めた人たちの物語であるからだ。キム・ヘスが演じる型破りな弁護士チョン・グムジャには、やはり惹かれる部分が多い。生き延びてきた女。上下のジャージにコートを合わせ、肩からさげたスマートフォン。本心を胸に秘め、夢に向かって奮闘する、ハードボイルドな主人公の物語を、四十一歳の女性を主役にして描いてくれたことが、まずうれしい。金持ちの弁護をしながら、実は自分なりの正義を貫き通す彼女のツイストの効いた在り方に、心が弾む。グムジャがチャンスをつかむために、エリート弁護士のユン・ヒジェ（チュ・ジフン）を利用するところからドラマははじまる。もしこれが男女逆の物語だったらあり得ないし、もちろん逆じゃなくてもひどいのだが、この物語の中では、これまで幾度となく描かれてきた男性の野望のために利用される女性の存在を反転してみせた。そして、自分が騙されたと気づいた時の、チュ・ジフンの衝撃と情けなさを隠せない表情が本当に良く、この人の大ファンになった。

ただ、第一話で最も私の心を捉えたのは別の場面だった。ヒジェを騙すために、グムジャと助手のジウンが準備している際に、二人でアハハと楽しげにしている様子がほんの一瞬映るのだが、そのほんの一瞬に心を撃ち抜かれた。ドラマを通して、服装も趣味も年齢もまったく違う二人の女性が、助け合い、互いを信頼し、楽しくやってきたことが、じんわりと伝わってくる。

「あなたの好みはよく知ってる」

これは、グムジャがジウンに言う言葉だ。物語の展開とは関係ないところで、しかも、協賛のピザのお店を宣伝するためにつくられた場面。でも、彼女たちがなぜ一緒に生きてきたのかが語られる、なくてはならない場面だ。

グムジャとジウンの関係だけでなく、『ハイエナ』は、アウトサイダーたちの連帯の物語だ。大手のソン&キム弁護士事務所に引き抜かれ、最初は事務所で煙たがられるグムジャだったが、彼女と同じチームになった人々も、記憶力抜群のシングルファーザーの男性、切れ者の二十代女性、新人すぎて派閥に入れてもらえていなかった青年など、悪しきボーイズクラブに馴染んでいなかった者ばかり。

私が好きなのは、傍聴席でグムジャの活躍を見守っていた彼らが、勝訴のあとに見せる表情だ。微笑んでいる表情が次々と映されていき、最後にジウンが変顔をすることで、彼らのその表情がグムジャに向けられたものだったことがわかる。群れていなかった彼らの共闘が描かれるのがこのドラマの楽しいところで、グムジャとヒジェの関係もそうだが、互いに補い合って、人は生きていくのだ。

そして虐げられた娘であるグムジャは、虐げられた娘たちとともに闘う。宗教家の母親に虐待されていた娘のウンミに手を差し伸べ、女性だからという理由で冷遇される娘たちと手を結ぶ。ソン&キムと、その最重要取引先の大企業は、どちらもトップから女性を排除しようとする。いやらしいのは、男たちが決して、彼女たちは女だからと口が裂けても言わないことだ（字幕上はそうだった）。ソン&キムは、男性のソン代表と女性のキム代表のツートップの事務所なのだが、ソン代表が男たちだけの会合で盛り上がっている間に、キム代表が意識不明となった姉（ソン代表の妻）を見舞う場面が対比として置かれるところなど、脚本家の手腕にうなる。このドラマを見終わった後、脚本家が誰なのかを検索し、彼女キム・ルリが〝新人〟であることに驚いた。

『ハイエナ』は人の持つ複雑さを描く。そして、人の弱さや過ちを安易に断罪しない。もちろん最低な奴はしっかり叩く。忘れてはいけないのが、人のクズ性のグラデーションを、グムジャが決して雑に取り扱わないところだ。グムジャは第一話で、確かにこの人は八人と浮気をしたが、一度に一人とだけであり子どもは育てられるけれど、精神的に不安定で暴力的な夫のほうが、子どもにとって危険だと言って浮気妻を弁護し、勝利を勝ち取る。後半、今度はその夫ハ・チャノの殺人罪を弁護する際に、こいつは確かにクズだが殺人を犯すほどのクズではない、というグムジャの相手への一抹の信頼が、真実をあぶり出す。グムジャがどういう人間か知っているハ・チャノの、「弁護を選任しますか?」と聞かれた時の表情と、「もちろん」の答えは泣ける。

グムジャの情報提供者でもあり、幼少期からの運命共同体でもあったジュホと、シングルファーザーの男性が、おじさん同士でちょっと仲良くなっているところや、打ち上げが牛肉だと耳にしたヒジェの秘書が、私も絶対参加したいですとにぎりこぶしで言う小さな個性の場面など、細かい部分の良さについてもっと語りたい。

(『エトセトラ　Vol.5』特集「私たちは韓国ドラマで強くなれる」
二〇二一年 SPRING/SUMMER エトセトラブックス)

「ポリコレ」という想像力

数年前、イギリスの書店で買った詩集のページを開くと、こんな文章が目に入った。
「この本は以下のセンシティブな題材を含みます。幼児虐待、近親者による虐待、いじめ、性的暴行、自傷行為、摂食障害、クィア嫌悪、生理、アルコール依存症、人種差別、トラウマ、死、自殺、悲しみ、癌、火災、あるいは他にも。読書中もその前後も、自分自身を大切にすることを忘れないでください」

英語では「trigger warnings」と呼ばれる、人々に心的外傷後ストレス障害や不快感を誘発させないよう事前に警告するこのようなメッセージを、何かしら目にしたことのある方も多いだろう。

たとえば、劇中に津波の場面がある作品の上映前に、スクリーンに注意書きが映し出されるのも、この「事前警告」だ。最近も、公開中であるアクション映画に出てくる津波の場面について、SNSの投稿が流れてきた。事前に警告されるだけでは不親切だと感じたその投稿者は、気になる人だけが読めるようなかたちで、映画のどのあたりでその場面が現れるのか、書き記してくれていた。事前警告は、懸念の箇所がまったく気にならない人にとっては必要性がわからないかもしれないが、それによって安心できる人もいるのだ。

先日、大学の公開講座を受けた女性が、その講義内容によって急性ストレス障害を発症したと、大学側を提訴した。性暴力や児童ポルノと思える作品などを、十分な事前告知がなされないまま見せられたという。ネットのコメントでは、作家性を知っていたらある程度予測はついたはずだと、女性の落ち度を責める声がたくさんあった。

しかし、「公開」講座である。それこそ老若男女、少しでも興味を持った人ならば、容易に足を運ぶことができてしまう場だ。一度でも何かしらの公開講座に参加したことのある人ならば、想像がつくだろう。そして参加者は、それぞれ違うバックグラウンドを持つ個人の集まりである。参加者の人数分だけ受け取り方がある。講座で見せられたという作品は、文字化された内容を読んだだけでも、これは慣れていない人には厳しかっただろうとすぐわかるものだった。

「公開」といえば、企業の広告やテレビ番組が相次いで問題になり、炎上している。人種、性別、性的指向など、あらゆる属性に対しての偏見を再生産する表現が簡単に目に入る現状が、社会にどういう影響を及ぼすか、何かを発信する立場にある側はもっと慎重に考える必要がある。

広告等が炎上したニュース記事を読んでいると、「何でも駄目になる」「面倒な時代になった」「またポリコレか」などとコメント欄で疎ましげに評されているが、「何でも駄目」になっていないのは明らかである。「何でも駄目」ならば、すべての広告が炎上しているはずだ。この問題について考えたくない、という意思が、「何でも駄目になる」の一言に集約されているように感じる。「面倒な時代になった」という形骸化されたフレーズも、自分はこれまで他者の生きづらさを無視してきたと、堂々と宣言しているのに等しい。

「ポリコレ」こと「ポリティカルコレクトネス」は、意味としては「政治的公正さ」だが、「公正さ」「正しさ」という言葉よりも、他者に対する優しさや思いやり、想像力と考えたほうが、感覚的に合う場合もある。自分にとっては何でもなくても、誰かにとっては、つらいことである可能性は常にある。冒頭に紹介した詩集の事前警告に書かれていたように、「あるいは他にも」の余地を、忘れないでいたい。

（『朝日新聞』「思考のプリズム」二〇一九年三月十三日夕刊）

女性のために闘い、書き続けてきた人

　昨年の十二月、ローマでダーチャ・マライーニさんにお会いした。イタリア語版の私の小説『おばちゃんたちのいるところ』が、日伊ことばの架け橋賞という賞を受賞したのではじめてイタリアに招聘していただいたのだが、その際にローマ日本文化会館で行われたイベントで、ダーチャさんとお話しすることになったのだ。

　ダーチャさんにお会いする前、私は少し緊張していた。

　何しろ、ダーチャさんとイベントでご一緒することが決まってからというもの、私は日本語で出版されているダーチャさんの本を時間が許す限り読みあさり、すっかりファンになっていたのだ。

　ダーチャさんは七〇年代、イタリアでもフェミニズム運動が盛んになった際にデモの先頭に立ち、女性の置かれた状況について書き続けてきた方だ。一九三六年生まれのダーチャさんは、子ども時代を日本で過ごし、ファシズムに抵抗したご両親とともに、終戦までの二年間を名古屋の強制収容所で過ごしたことも知られている。

「そんな目に遭って、さぞ日本のことを憎んでいるでしょうと言われたけれど、私は日本のことを憎んでいません。戦争中、日本の人たちは私たちにとても優しくしてくれました。市井の人たちと軍は同じではありません」

イベントの前、控え室で、ダーチャさんはそうおっしゃった。今でもそうだが、戦争や紛争の渦中では、国とそこに住む人は同一の存在として語られがちだ。もちろん、その国に住む人間として、過去、現在と、自国が行ってきたことに対する批判的、批評的な視点を各自が持ち続けることは大切だ。一方で、国や軍の行いに賛成していない人たちでさえ、外側からの視点で、国と同一化されてしまうことには違和感があったので、ダーチャさんのその言葉にとても共感したし、彼女のどんなことがあろうと揺るがない、フェアな精神にとても感銘を受けた。

海外の文学イベントに「日本の作家」として呼ばれ、他の国、特に同じアジアの作家さんたちにお会いすると、過去に日本が他国に対して行った加害を否応なしに意識させられるし、本当に恐縮してしまうことも少なくない。けれど、現代に生き、それぞれ違う国に住む私たちは、個人として、ある瞬間、同じ場所に居合わせる。そして、世界を少しでもいい場所にしようとして、それぞれ書き続けている。個人として書き続け、動き続け、ある時そっとつながることができるのは、本当に幸せなことだ。

イベントの最中、そしてその前後という、数時間ほどの短い間ではあったけれど、ダーチャさんとの時間は、忘れられない、特別な時間だった。

年齢の話をするのはよくないけれど、八十代のダーチャさんがすらっとまっすぐに立つ姿はとても格好が良かった。青いアイシャドウがとてもお似合いで、それは彼女のシグニチャーなのだと、その時イタリアで知り合った、ダーチャさんのファンであるイタリア人の女性研究者さんがあとから教えてくれた。

何十歳も年下の、日本の作家である私に対して対等に接してくれる優しさが心に染み、イタリア語版の私の本をしっかりと読んでくださって、さまざまな質問をしてくださった。多忙であり、著名な作家である方で、それができる人がどれだけいるだろう。その在り方に、私もダーチャさんのような作家、そして人でありたいとひそかに、心から思った。

イベントの後の懇親会で、イベント中にお聞きすることができなかった彼女の作品について、次々と質問する私の目をまっすぐに見つめながら、一つ一つ真摯に答えてくださった。私は海外に行く時はいつも、小さなノートを持ち歩き、出会った人たちに連絡先や、話した内容に出てきた固有名詞などを書き込んでもらうことにしているのだけれど、おすすめのイタリアの女性作家たちの名前をダーチャさんが書き込んでくださったページは、ダーチャさんにサインしていただいた彼女の二冊の本とともに、私の宝物になった。『ひつじのドリー』には「尊敬と友情を込めて」、『メアリー・ステュアート』には、私の『おばちゃんたちのいるところ』にちなんで、「青子さんと彼女の幽霊に対しての詩的な愛へ」

という意味合いのメッセージを書いてくださった。ダーチャさんには、女性同士つながって、連帯することの重要さを知り尽くしている人だからこその優しさと温かさを感じた。

ダーチャさんは闘ってこられた作家だ。女性の身体や中絶などについて書かれた『おなかの中の密航者』、軍人たちが加害者だったことで事件がもみ消されそうになった、実際にあった若い女性の惨殺事件を自ら取材し、彼女の無念を一身に引き受けようとした『イゾリーナ　切り刻まれた少女』などなど、常に鋭さと思いやりをあわせ持ち、切っ先を向ける対象、慈しみや共感を寄せる相手を間違わない。だから信頼して読むことができるし、何十年も前から彼女が書き続けてきたことは、今もまったく色褪せておらず、わたしたちは社会としてずっと同じ問題を抱えている。

メアリー・ステュアートとエリザベス一世がもし実際に会って話をしていたらこうだったんじゃないか、と別の歴史を構想する『メアリー・ステュアート』は、男性優位の世界で彼女たちが女性同士の絆を結ぶことができていたとしたら、という視点が、批評的で、キレキレで、とんでもなく面白い戯曲だ。この戯曲はダーチャさんが関わっていた女性だけの劇団で上演され、日本でも何度か上演された。

日本で出版されているダーチャさんの本は絶版や品切れになっているものが多いけれど、今こそ、手に取りやすいかたちで、再び出版されるべきだと強く思う。現在書店で買うことができる『ある女の子のための犬のお話』『ひつじのドリー』は、どちらもダーチャさんのユーモアと皮肉が感じられる、小さなお話が詰まった美しい作品集だ。

イタリア滞在中に、ミラノのフェミニズムの歴史が刻まれている書店「Libreria delle donne」を訪れた。入り口にはイタリアで刊行されたばかりだという、ダーチャさんの新刊『わたしの人生』が飾られており、私がダーチャさんとイベントでご一緒すると言うと、ダーチャさんと同じ世代のお店の女性たちは喜んでくれた。書店を訪れたことをダーチャさんにもお伝えしたのだが、あの書店とは長い付き合いだ、とともに闘ってきた同志について語るように話してくれた。女性のために闘い、書き続けてきたダーチャさんの軌跡を、彼女の本を再出版することによって、読み続けることによって、ここ日本でも引き継いでいきたい。きっとこれから彼女のファンになる人がたくさんいるはず。

ダーチャさん、大好きです。

（『婦人画報』二〇二四年九月号　ハースト婦人画報社）

私の知らないコロラド

高校の二年間をアメリカのコロラド州で過ごした。通っていた寮のある高校は周囲を平原で囲まれていたため、車がないとどこにも行けなかった。私はそう遠くないところに叔母夫婦が住んでいたので、迎えに来てもらうことがほとんどだったが、週末になると寮生はヴァンに揺られ、そこから最も近い都会であるボルダーという街や大きなシネコンに連れて行ってもらっていた。

ボルダーよりもさらに都会といえば州都であるデンバーの街だが、そんなに行く機会がなく、空港の行き帰りに通過した、ぼんやりとした光景しか覚えていない。コロラドは恐竜で有名なので、恐竜の化石などが多数展示されているデンバー自然科学博物館に行ったことは覚えている。私は恐竜が好きだった。

なので、カリ・ファハルド＝アンスタイン『サブリナとコリーナ』を読んで最初に思ったのは、コロラドのこの景色を私はまったく知らなかったという驚きだった。十一編の物語に託して作者が描き出したのは、これまで書かれてこなかった、彼女自身がルーツを持つ、デンバーに暮らすラテンアメリカ系の人々の日常である。彼らは移民ではなく、ずっとこの土地に住んできた。しかし、「幽霊病」という作品の中で主人公が白人のクラスメートに「アメリカ先住民かなにか?」と問われるように、偏見の目で見られることも多かったようだ。一貫したトーンに落ち着きと凄みがあるのは、作者が徹頭徹尾、「わたしたち」のことを書いているからだ。アメリカで育ち、スペイン語が苦手で、入り混じった文化の中で育った彼女が見てきた世界を見事に現出させている。その世界は甘くなく、女性たちは終わりのない暴力と苦悩にさらされながら生きている。私は、かつてすぐ近くにいたのに、知ることのできなかった彼女たちに物語の中で出会うことができて、心から感謝している。「わたしたち」について書くという行為はこれぐらい強靭《きょうじん》でなければいけないのだと改めて感じさせられた、豊穣《ほうじょう》な読書体験だった。

(『東京新聞』「海外文学の森へ」二〇二一年三月二日夕刊)

言葉との恋愛

今年の春から韓国語のクラスを受講しはじめた。数年前から韓国語を習いたいと願っていたので、とうとう入り口に立つことができて私は本当にうれしく、新しい文房具をうきうきと買いそろえ、授業に備えた。思えば、ノートを取ることもひさしぶりだった。

それから数カ月が経つ。いまだに毎回オンライン授業が終わった後はなんだか気持ちが高揚して、しばらく落ち着かない。意味不明にそわそわしてしまう。単語カードをつくって毎日復習し、次の授業に万全の態勢で臨めるように、残りの曜日も韓国語のことを考えて生活している。そうだった、新しい言語を学ぶことは、こんなにも楽しいことだったのだと、改めてかみしめている。

こうなって読み返したのが、ジュンパ・ラヒリのエッセイ集『べつの言葉で』だ。これはイタリア語にのめり込んだラヒリの情熱の記録である。幼い頃にアメリカに移住したことで母国語であるベンガル語から離れ、その後の人生を英語で送ってきた彼女には、元々イタリアとのつながりがない。しかし、その言語に魅了された彼女は、言語を学ぶことで、しぶとく、しつこく、そのつながりを強固なものへと変えていくのだ。

ラヒリはイタリア語とより親密になるために家族とともにローマに引っ越すのだが、移住の半年前から英語の本を読むことをやめる。移住後はイタリア語で日記を書き、小説もイタリア語で書くようになる。

ラヒリの愛の〝重さ〟を感じられるエピソードの一つに、夫に嫉妬した話がある。自分のほうがイタリア語が上手なのに、白人男性である夫は外見がイタリア人に見えるので、完璧なイタリア語を話すとしばしば周囲から勘違いされるのだ。彼女はその事実にイライラし、くやしがる。私はこの本を最初に手にした時、これをラブストーリーとして読んだ。恋愛は人間同士じゃなくても、言語との間にも生まれるものなのだ。もちろん言語でない場合だってある。この世界は、無数の恋愛の可能性に溢れているのだ。

（『東京新聞』「海外文学の森へ」二〇二一年八月十日夕刊）

面倒くさい彼女たちの声

ネットフリックス配信の食の多様性をめぐるドキュメンタリー番組『アグリー・デリシャス』は、デヴィッド・チャンという韓国系アメリカ人がホストを務めている。番組には、彼と同じようにアメリカで育った中国系や台湾系のフードライターや映像作家が登場し、白人中心的な社会の中で、子ども時代にいかに肩身の狭い思いをしたかを語ったりする。シェフとして大成功をおさめたチャンも、子どもの頃、家で母がつくる韓国料理が恥ずかしかったと言う。

印象的なのは、大人になった彼らがみな、幼い頃の劣等感を乗り越え、自らのルーツを肯定し、それぞれの分野で、彼らにしかできない「声」を生み出していることだ。白人社会の傲慢さを批判し、笑い飛ばし、呆れてみせる。同じくアメリカで暮らすたくさんの自分たちのために、この世から偏見や差別をなくすために、自らが声を上げることの重要性を、この国でしぶとくサバイブしてきたかつての子どもたちは知っているのだ。

では、五歳の時に上海からニューヨークへと渡ってきたジェニー・ザンが『サワー・ハート』で響かせた「声」はどんな「声」だろう。ゆるくつながったこの短編集に登場する娘たちは常に、解決できない理不尽さの中にいる。

文化大革命を経験した両親が〝新天地〟として求めたアメリカでの生活は厳しく、汚く、最低最悪。親たちはこんなはずではなかったと喧嘩を繰り返し、娘に過剰な期待をかける。外に出れば、アジア人である彼女は「エイリアン」だ。

白人の生活に憧れ、劣等感や怒りや苛立ちを抱え、さらに人生で最も厄介な時期である思春期を生きる面倒くさい彼女たちの物語は、ふてぶてしくて、時に不快で、切ない。見事な「声」でありながら、これを「声」にしてみろよ、きれいごとじゃねえんだよ、とでも挑発するような、常にうっすらキレているようなスタイルが、同じく面倒くさい娘の一人である私としては嫌いになれない。

（『東京新聞』「海外文学の森へ」二〇二一年十一月三十日夕刊）

「男らしさ」の悲劇

私が翻訳したカレン・ラッセルの二冊の短編集『狼少女たちの聖ルーシー寮』と『レモン畑の吸血鬼』にはどちらも西部を舞台にした短編が入っている。ウェスタンといえば、男性性がこれでもかと強調されてきたジャンルと言えると思うが、彼女の手によると、男性的な価値観がいかに空虚なものなのかを感じさせる作品になることに驚いた。特に前者に収録されている短編は、語り手の少年の父親がミノタウロスであるという奇想天外な設定で、男性性のもの悲しさがより一層強調される仕掛けになっている。

映画の世界でも、昨今、クロエ・ジャオの『ザ・ライダー』、ケリー・ライカート『ミークス・カットオフ』など、女性監督による西部の物語が話題になっている。女性が今、西部をモチーフに映画をつくるとこうなるのか、という面白さがあり、『ザ・ライダー』には本当に驚嘆させられた。

ジェーン・カンピオン監督の『パワー・オブ・ザ・ドッグ』もまた、一九六〇年代に刊行されたトーマス・サヴェージによる同名の原作を元にした、西部の物語である。この小説は二〇年代を舞台に、牧場を経営するフィルとジョージの兄弟の生活に、ジョージが結婚するローズという女性と、彼女の息子が加わったことで、関係が変化する様を描いている。「男らしさ」に固執する男性に訪れる悲劇ではあるが、そんな単純明快な話ではない。その人が秘めている美しい世界、そして口に出すことができなかった愛を前に、あの結末をどう思えばいいのだろう。

私は映画から見たのだが、こんなに残酷な〝外科手術〟があるだろうかと呆然としてしまい、自分を落ち着かせるために、原作をすぐに注文して読んだ。小説の映像化は原作ファンからすると納得のいかないことも多いが、この作品は原作と映画が互いを補完し合い、どちらも素晴らしい。私は映画から見てよかったと思っているが、皆さんもそれぞれ好きな順番でこの作品に触れてみてほしい。

（『東京新聞』「海外文学の森へ」二〇二二年三月八日夕刊）

お菊さんと富姫、最高

　姫路市で育つと、自然とよく足を運ぶことになる場所がある。遠足や社会科見学、親戚の付き添い等、何度も訪れたその場所は、姫路城だ。姫路の区域は、城北、城南、城東、城西と、城を中心にして名づけられており、図書館も歴史資料館も公園も駅も城の近辺に位置していたため、十代までの私は四六時中城の存在を意識しながら、生活していた。

　姫路城には、妙に意識してしまう存在がもう一つあった。場内の広場、上山里に、嘘のように突如として現れるお菊井戸だ。おなじみの怪談「播州皿屋敷」に出てくる幽霊のお菊さんは、毎夜自分が投げ込まれた井戸から出てきて「いちまーい、にまーい」と皿の数を数えては、周囲を震え上がらせる。夏になると、テレビの怪談ドラマにほとんど必ずと言っていいほど彼女が登場した。当時の私にとって、それはすごいことだった。フィクションとしてテレビの中に出てくるお菊井戸が、私の街では石の柱に囲まれ、確固たるかたちを持ったノンフィクションとしてそこにあるのだ。現実と非現実の境目は、とてつもなく薄い膜のようであると、私は最初にお菊井戸から学んだ。

あそこにはお菊さんがいる。

家のベランダからや、習いごとに向かう道すがらなんかに姫路城が視界に入るたび、私は彼女の存在を感じていた。当時は自分でも気づいていなかったが、今思えば、私は明らかにお菊さんのファンだった。姫路城に行った際は、必ず彼女の井戸に立ち寄ったし、テレビや本に彼女が降臨すると、胸が熱くなった。

理由は、お菊さんがかっこよかったからだ。幽霊として特殊な能力を発揮して復讐を遂げる姿に痺れた。誰もが彼女を恐れた。それに比べて、人間の頃の彼女はなんと非力なのか。男たちの陰謀や性欲に巻き込まれ、理不尽にも殺されるお菊さんを見るたびに、私は心の中で叫んでいた。はやく幽霊になるんだ、と。

お菊さんだけでなく、物語に出てくる女性の幽霊や化け物はみな、身の毛もよだつ姿形に変身してからのほうが、のびのびと、自由であるように思えた。人間という、そして女性という、窮屈な体と固定観念から解放されて。だから、彼女たちが好きだった。

さて、不勉強だったことに、私は大人になってから、姫路城にはもう一人、富姫《とみひめ》というスーパースターがいることを知った。姫路城の天守閣に住む長壁姫《おさかべひめ》と福島県の猪苗代城に住む亀姫《かめひめ》という姉妹の妖怪をモチーフにした、泉鏡花による戯曲『天守物語』の主役富姫は、長壁姫と同様に姫路城の天守閣に君臨する妖《あやかし》であり、下界の人間たちが見せる言動の醜悪さ、不合理さに呆れかえっている。

たとえば、富姫は切腹が嫌いだ。亀姫が遊びに来るというのに、弓や鉄砲の弾を飛ばし騒がしく鷹《たか》狩りに興じる播磨守の一行に苛立った富姫は、「夜叉ケ池《やしゃがいけ》」の主である白雪姫に嵐を起こさせ、亀姫が気に入った鷹を手に入れてやる。

切腹を命じられていた武士の図書之助《ずしょのすけ》は、切腹する代わりに、妖怪の住処《すみか》とされ、人間は長らく足を踏み入れたことのない天守閣の様子を探りに登ってくる。事情を聴いた富姫は、図書之助にこう伝える。「人の生死《いきしに》は構いませんが、切腹はさしたくない。私は武士の切腹は嫌いだから」。

そして、罪をなすりつけられても、「主《しゅう》と家来でございます。仰せのまま生命《いのち》をさし出しますのが臣たる道でございます」とのたまう図書之助に、「その道は曲っていましょう。間違ったいいつけに従うのは、主人に間違った道を踏ませるのではありませんか」と富姫は答え、「ああ、主従とかは可恐《おそろ》しい」と続けるのだ。

富姫の感覚は、今となっては、とても現代的だと言えるし、その考え方のほうがまともだと思う人のほうが多いだろう。けれど「切腹」はないとしても、ブラック企業における社員の過労死や日大のアメフト部の事件を例に出すまでもなく、「ああ、主従とかは可恐しい」と私たちが感じるような出来事は日々起こっている。現代人の私は、だからこそ、富姫に共感する。戦に負け、蹂躙《じゅうりん》される前に自害した女たちが獅子の力を借り、妖怪として新たな命を与えられた天守閣という場を、サンクチュアリのようだと思う。

「お待ち、この天守は私のものだよ」と言い放ち、自らの目におかしい、納得のいかないものとして映る物事には決して迎合しない、富姫の揺るぎのない態度には背筋が伸びる。天守閣という場所も相まって、私の中で彼女は「下りない」人である。

だから、今でも姫路城の天守閣にいるんじゃないだろうかと思い、私は連作短編集『おばちゃんたちのいるところ』の中で、「下りない」というタイトルの、観光客が一日中パタパタパタパタと音を響かせてスリッパで登ってくる天守閣で、やさぐれている富姫の物語を書いた。それでも「下りない」彼女の勇姿を。そうやって、私も生きていけたらと思うのだ。

（『毎日新聞』「文学逍遥」二〇一八年六月二日）

機械的で非情な「搾取」

　数年前、近所を散歩していると、いつの間にか、見慣れない建物の建設がはじまっていることに気づいた。ある日、控えめな看板が取りつけられ、それが新しい保育所だったことがわかった。なるほど、と通りすぎようとしていると、そこに立ち止まっている一人の女性が目に入った。小さな男の子の手を引いている彼女は、じっと、穴が開くほど保育所の看板を見つめていた。あまりに真剣な表情で、彼女の姿は胸にこびりついた。

　深刻な待機児童問題が都心を中心に常態化し、「保育園落ちた日本死ね！！！」と叫ぶブログが大きな話題となったのは二年前だ。私の周囲でも、親しい編集者さんは、それぞれ駅の反対側にある二つの保育所（しかも遠い）に別々に二人の子どもを振り分けられたため、母と父で一人ずつ担当し、仕事前に自転車で毎朝数キロを激走。複数の保育所に子どもの入所申し込みをしてすべて落ちた話も、よく耳にした。保育士の不足や低賃金問題、女性が思うように働くことができない厳しい現状があるなかで、なんでそこに税金を大量投入するんだよと呆れて崩れ落ちそうになるニュースが続くと、この社会は一体全体誰のものなのかとしみじみ嫌になってしまう。

「〜けっきょくわたしは、わたしたちおたがいの子どもの共同養育場が欲しいのです。しみじみと。ノドから手が出るほど！　だれかがそこで幾人かの子どもを、まもり育てる。階級的に、です。それによって母親たちが、幾度でも、安心して、しごとに帰ることができるようにです。これはプロレタリアの病院が必要であるように、多くの仲間がひそかにもとめているものではないでしょうか。そうだとすれば実現の可能性が、さらに加わると思うのですが。」

これは、昭和四年に松田解子《まつだときこ》によって書かれた「乳を売る」の終盤に出てくる、主人公の光枝が同志である友人の女性にしたためた手紙の抜粋である。

ほとんど九十年前の作品だが、痛いほど、そして悲しいほど、「保育園落ちた日本死ね！！！」という投稿が現れた今の社会と呼応している。光枝が手紙に書いた痛切な願いは、いまやSNSで目にしない日はないし、書き込まれたそれらの言葉は共感の言葉を集め、何千回とシェアされ広がっていく。

この作品のなかで、困窮した光枝は、裕福な片野家の乳母になり、「お茶ノ水駅」から十分ほどのところにあるという「小児科　柏原病院」の「壱等室」で寝込んでいる三歳の「若さま」のために自らの母乳を売ることになる。

金持ち家族に母乳を搾取される描写があまりに機械的かつ非情で、恐ろしくなる。「磨きすましたブルジョアの牙のかがやき」をしたメートルグラスにきっちり百四十グラムの乳を、一日に七回しぼり取られ、出が悪いと、看護婦に「品物でもつかむようにつかんで、乳首消毒し、力まかせに」しぼられる。「あんた、自分の子にのませたんじゃない？」と嫌味を言われながら。

銀座や江東にある三つの会社の重役を兼ねている片野家のお屋敷は、伝通院前の屋敷町にあり、光枝はここでまるで餌付けされるようにビフテキや白米を与えられるが、その栄養はすべて「若さま」のものになる。街に出ると、「祝御大典」の提灯が灯り、日の丸がはためく。

光枝の乳を飲んで健康になっていく「若さま」と反対に、七カ月になる光枝の息子は母乳から引き剝がされ、どんどんやせ細る。光枝は「自分と自分の子の生命が、じかにけずられてゆくような苦痛」を味わいながらも、二人で生き延びるためには、その契約に従うしか術《すべ》がない。

そして、「若さま」の全快により光枝の乳は用済みになり、仕事を失った彼女は本所柳島の「ガラン洞の六畳」に帰り着く。無職の彼女は息子を高々と抱き上げる、絶対に子どもを育て上げると、強く自分に言い聞かせながら。

子どもは産まないか、徹底的に育てるか、その二つの途《みち》しかないと、光枝は手紙に書いている。その中間がないのは、今の日本社会もまったく同じだろう。育てやすくもなければ、働きやすくもない。

「乳を売る」の前章といえる「産む」では、「いやな世のなかだなァ、親自体が生きられない。せっかく出来《でか》した自分らの子どもさえ、安心して産めないなんて……」と絶望的なため息をつく夫婦が出てくる。「姉ごころ」では、結婚の不安を相談しに来た若い女性に、あなたの悩みは「個人のこと」ではないと、親身になる人生の先輩である女性が登場する。

「個人的なことは政治的なこと」というフェミニズム運動のスローガンがあるが、明治三十八年生まれの松田解子の小説にはその魂が貫かれていると強く感じる。

搾取される側に立ち、常に労働者のために戦い続けたこの作家の作品を私は今、もっと読みたい。

（『毎日新聞』「文学逍遥」二〇一八年八月四日）

異国で出会った〈女の友情〉

　去年、マレーシアのヤスミン・アフマド監督の『ムアラフ─改心』という作品を特集上映で見て、とても心に残った場面がある。主人公の女性はパブで働いており、人気のある彼女のことを、もう一人の女性店員は快く思っていない。店主の男は主人公の肩を持つ。だが、訳あって住んでいる場所を明かしていない主人公に危険が迫った時、店主はさっさと逃げ、身をていして彼女の秘密を守ろうとするのは、その女性店員だ。傷を負った女性店員は、生活に困っているに違いない主人公の元へお金を届ける。

　私が何より感銘を受けたのは、映画の中で、女性二人が親しく言葉を交わす場面が一度もなかったことだ。主人公は女性店員が身を守ってくれたことも、お金を届けてくれた張本人であることも知らないまま。このエピソードは、宗教的な無私の愛の実践であるとも言えるが、私は同時に、女性同士の友情を強く感じた。そしてその女性同士の友情を、仲良しグループや親友など、わかりやすいバリエーションで提示しなかったこの女性監督に尊敬の念を覚えた。

ずっと感じてきたことだが、この世の中は、女性同士がいがみ合う物語が何かと好きである。現実でもそうだ。「女同士はむずかしい」「女の職場はこわい」など、なかばテンプレートと化した表現がいくつも思いつく。こういった言説には、そうあってほしいと願っている家父長制の思惑が透けて見える。職場や家庭で女性に連帯されないよう分断させておくためには、女性同士はうまくいかないという物語が必要だ。その物語は社会に深く浸透し、今ではすっかり形骸化している。さまざまな性格の人がいるのだから実際にうまくいかないこともあるが、それは何も女性同士だけに限ったことではない。

ならば、社会がないことにしたい〈女の友情〉の物語を生み出すことは、それだけで反逆の意味を持つことになる。そして、〈女の友情〉を長年にわたり描き続けた吉屋信子は、家父長制に抵抗し続けた作家と言えるのではないだろうか。

「マカオの露台」は、吉屋が戦後に書いた短編の一つである。東京で観光バスのガイド・ガールとして働いていた文子は、乗客だった草田に見初められ、縁談を持ちかけられる。文子より十七歳年上の草田は歯科医であり、マカオに開業したばかり。今のようにネットもないので、文子が会社を欠勤し、上野の図書館にマカオについて調べにいくところが良い。彼女は人気のあるガイド・ガールだったが、同じ日々の繰り返しに飽きている自分に気づき、「ええ、いっそマカオへ行っちまえ！」と結婚を承諾する。

着いてみると、荒涼としたマカオの街に文子は落胆する。夫となった草田は、「あなたが東京でガイド・ガールをしてたことは、誰にも言わない方がいいな」と念を押し、現地で出会った日本人男性は、「やっぱり日本の大和撫子はいいねえ。羨ましいな君」と言い、「ヤマトナデシコなんて古臭い」と文子は不服に思う。

文子がこの街で友情を築くのは、隣の部屋に住む香夫人こと、井上コウという老女だ。神田生まれのコウは留学生の洪と結婚。十八歳で日本を離れるが、広東に正妻がいることが判明し、第二夫人として生きるしかなかった。関東大震災で家族もすべて亡くなり、夫が亡くなった後も、日本には帰る場所がない。コウと文子には、結婚によってそれまでの人生と交友関係から切り離されたという共通点がある。それは当時の女性にとっての共通点でもあり、現代女性にもやはり身に覚えがある感覚だろう。

菅聡子『女が国家を裏切るとき』には、吉屋の長編『女の友情』について、「〈女の友情〉を阻むもの、潰《つい》えさせるものとしての結婚」がテーマになっているとあり、連載時の読者からの投書がいくつか紹介されている。その中には、「『女の友情は結婚と共に破れる』『女には真の友情がない』と、かうした言葉をよく耳にいたします。（中略）今度『女の友情』によって深き女性の友情をお示し下さいました」や「友情は男性の独占物の様に云《い》はれる方々にも此《こ》の『女の友情』を誇りたい気持でございます」という言葉が並んでいる。世間的には隠されている〈女の友情〉を可視化し続けた吉屋の作品は、女性たちにとって人生のどんな段階も灯台のような役割を果たしただろう。

「マカオの露台」で何よりも胸を打つのは、文子が明治の東京しか知らないコウに、持参した東京名所の絵葉書を見せながらガイドをしてやる場面である。コウの前では自分の経歴を偽る必要もなく、生き生きとかつての弁舌をふるい明治神宮や泉岳寺を案内していき、コウははしゃいだ声を上げる。

異国の街で出会った世代の違う二人の女性の交流は短いものだったが、友情は消えない。帰国した文子は東京に出ると、コウが果たせなかった悲願を叶えるのである。

（『毎日新聞』「文学逍遥」二〇一八年十月六日）

「夫婦」はホラー

今年、作家ケイト・ザンブレノの『ヒロインズ』が刊行された。現代のザンブレノが、夫であるスコット・フィッツジェラルドに書くことを禁止され精神科病院に入れられたゼルダ・フィッツジェラルドなど、モダニズム作家の狂気の妻たちに自らを重ね合わせながら、声を奪われ抑圧されてきた女性たちの歴史を紐解《ひもと》いていく。その行為は、過去の女性たちと自分自身の声を取り戻す意味を持っている。

私はホラー映画が好きでよく見るのだが、これまでなら声を奪われたまま「異端」として悲劇の結末を辿《たど》ったであろう女性たちが、声を奪わせないために奮闘する物語がどんどん増えているように思う。今秋に日本で公開された『テルマ』もまさにそういう映画で、主人公のテルマは、「異端」である自分自身を受け入れ、自分らしく生きていくために、長い歴史の中で「異端」の女性たちを迫害して閉じ込めてきた、「父なるもの」を燃やすのだ。

深沢七郎の短編「月のアペニン山」は、展開がはやく、一つ一つの場面がぱっと映像のごとく脳裏に浮かぶので、ホラー映画のような面白い作品として好きだった。最近、上記に書いた『ヒロインズ』や『テルマ』など、狂気の女性たちの物語が頭の中を占めている状態でひさしぶりに読み直してみると、また違う読み方ができることに気がついた。

「月のアペニン山」は夫婦の物語である。語り手である夫は、夫婦生活に「悪魔が襲来」したと語る。妻の静江は「やさしすぎる性質の女」で、夫に対してさえ「イエスかノーかの返事もはっきりできない程」らしい。

「悪魔の仕事はいつも私の出勤した留守に亡霊のように」訪れ、静江を怯えさす。静江は近所の人が乱暴すると言い、職場から帰ってくると泣いているので、「女は小児のようなものだ！」と夫は抱きしめてやる。

二人は東中野↓吉祥寺↓若林↓自由が丘↓大井町↓蒲田と、三年間に九回も引っ越しをした後、工場地帯である南砂町九丁目にようやく落ち着くことになる。お隣との関係も良好で、静江もお隣の奥さんと「政治問題を論ずる」ぐらいに明るくなる。ようやく平穏な暮らしが叶い、うれしくなった夫は、「さあ、ユートピアに帰る時間となりました」と退社時に呑気《のんき》に口にするほどだ。

悪い予兆のように家に蠅《はえ》の大群が出現したところから、事態はあっという間に不穏さを増し、急展開を迎える。その次の日、帰宅した夫は妻が「精神病」だったことをお隣や警察に伝えられる。病院に入れられた静江に会おうともしなかった夫は、時が経ってから、離婚調停の判を押すために家庭裁判所で彼女と再会するのだが、「すまないというより怖いという感じ」がして、顔を合わすのを極力避けようとする。

「逢《あ》わないで判を押させたいことだけに一生懸命」だが、好奇心で廊下から静江のことを観察する夫は、別人のように太り、健康そうで自信に満ちた態度の静江を「気味の悪い程の変わりよう」で、「女流評論家が一席ぶっているよう」と形容する。「あの気の弱い静江がこんなに変ってしまったのはやはり変である」と訝《いぶか》っていると、部屋から出てきた調停委員も夫の考えを肯定するように、「あれはね、病気がなおっていませんよ、あれはますますコレですよ」と言う。「生きている静江を前にして死んだ人の写真でも見るような冷たい目」で、夫が静江を眺めているところでこの物語は終わる。

今回読んでみて、そこまで本当に静江は狂っていたのだろうか、という疑問が湧いた。なぜなら、実際は、静江が逸脱した行動を取ったらしい数々の出来事を夫は見ていないのだ。蝿叩きで後ろから強い力で叩かれた時でさえ、その瞬間を目撃してはいない。語り手の夫が見ていないということは、読者である我々も見ていない。蚊帳《かや》の中で静江の身体を求め、「止《や》めましょう」と身体を投げ出すようにして押しのけられるくらいしか、静江の「異常さ」はこちらには提示されないのだ。

だからこそこの物語は不気味であるのだが、他者に妻は「精神病」だと言われて鵜呑《うの》みにし、すべての謎が解けたとばかりに、静江の存在を一瞬で捨て去る夫の「異常さ」にも目が向いてしまう。大島弓子の漫画「ダリアの帯」は、精神を病んだ妻の側を夫が選ぶことで、妻の見ていた世界が見えるようになる物語だが、「月のアペニン山」の夫はそうはしない。示唆的なことに、この作品の中で、静江が言葉を発するのは、前述の「止めましょう」だけだ。それ以外は、夫が静江はこういう人間なのだと一方的に彼女の人柄や心情を説明している。

私のようにこの夫の人柄を信用できなくなると、同時に、彼の語る静江の人物像も信用できなくなる。物語の最後で、元気で不敵だから変だと決めつけられる太った静江が、本来の静江である可能性だってあるのではないか。この短編の最終行の後、夫の視線から逃れ、夫の視点から語られることから解放された時、静江自身の物語ははじまるのかもしれない。

（『毎日新聞』「文学逍遥」二〇一八年十二月一日）

不可思議な冒険譚、誕生

読んでいると、不思議な作品だなあとよくわからない気持ちになる一編が短編集には必ず紛れ込んでおり、代表作とされる作品群よりも、その一編のほうに惹かれてしまうことがある。

岡本かの子の短編集『老妓抄』におけるその一編は、「越年」である。初出は、一九三九（昭和十四）年。

年末のボーナスを受け取ったばかりの事務員、佐藤加奈江は、廊下で待ち伏せしていた男性社員、堂島に突如として左頬を平手打ちされる。課長にビンタ事件を報告すると、堂島が辞職し、住所も目下移転中で不明だということがわかる。「君も撲《なぐ》られっ放しでは気が済まないだろうから、一つ懲《こら》しめのために訴えてやるか」と課長はまるで他人事《ひとごと》だ。

加奈江たち女性事務員が働いている整理室と、三十数名の男性社員がいる大事務所と、会社は男女の職場がくっきりと分かれている。堂島の情報を聞き出しにいくと、堂島と仲の良かった山岸は、「あいつはよく銀座へ出るから見つけたら俺が代って撲り倒してやる」

と言う。堂島に憤ったほかの男性社員たちは、銀座に行ってみると言う加奈江を「仇討《あだ》ちに出る壮美な女剣客のように」はやし立て、「うん俺達も、銀ブラするときは気を付けよう。佐藤さんしっかりやれえ」と応援する。

今の感覚でいうと明らかに傷害事件なので、私は会社の牧歌的な雰囲気にもやもやしてしまう。課長が言うような、気が済む、済まないの話ではないし、男性社員の「しっかりやれえ」という無邪気な言葉といったら。

さらには、加勢してやると息巻いていた男性社員たちはその後、何もしない。それを別段不満に思うわけでもなく、加奈江と同僚の明子は、会社帰りに銀座での堂島探しが日課になる。今ならば、ラインやメールアドレスを知っている同僚が必ずいるだろうし、いざとなったら堂島の名前で検索しSNSを探し出してとことん追い詰めることも可能だが、この頃は、もちろんそうはいかない。すぐに見つかるわけもなく、十日経つと二人とも飽きてくる。「でも頰一つ叩いたぐらい大したことではないかも知れないし、こんなことの復讐なんか女にふさわしくないような気がして」と加奈江の初期衝動が薄れてきたところで、世間は正月休みに入る。

三が日も過ぎる頃、二人は〝銀ブラ〟を再開。「流石《さすが》に新年」だからと、青山の明子の家に迎えに行く加奈江は、「入念にお化粧して、女学校卒業以来二年間、余り手も通さなかった裾模様の着物を着て金模様のある帯を胸高に締めた。着なれない和服の盛装と、一旦途切れて気がゆるんだ後の冒険の期待とに妙に興奮して息苦しかった」。堂島への復讐心と新年の高揚とマナーが同じバランスで同居している加奈江の心模様が悲しいかなユーモラスだ。明子も和服の盛装に着替え、二人は銀座行きのバスに乗る。「今日はゆったりした気持ちで歩いて、スエヒロかオリンピックで厚いビフテキでも食べない」と言いながら。

この日、二人は資生堂の横丁と交叉《こうさ》する辻角《つじかど》でとうとう堂島を捕獲。神妙に黙っているだけの堂島に詰め寄った加奈江は、「あなたが撲ったから、私も撲り返してあげる。そうしなければ私、気が済まないのよ」と彼の頬を叩き、復讐を遂げた女二人はビフテキで祝杯を挙げる。

次の日、復讐成就の噂を聞きつけた男性社員たちは「痛快々々」と叫びながら整理室に押し寄せ、課長は愉快そうに笑いながら、「よく貫徹したね、仇討本懐じゃ」と祝う。加奈江は加奈江で、「自分が女らしくない奴と罵《ののし》られるように嫌だった」。

この全体の雰囲気の軽さ。一つの傷害事件が会社の日常に彩りを添える、ただのイベントに過ぎないかのように受け取られ、最後までそう処理をされてしまう。この雰囲気を、テレビや大人の世界を通して、私はずっと目にしてきた。加奈江たちの言動には、漫画『美味しんぼ』にて、栗田さんたち女性社員の妙にハイテンションなノリに感じるのと同質の違和感を覚える。本質じゃないところで、女性ががんばらざるを得なかった時代の空気だ。そうして、しかるべき人間が事件として冷静に処理するべき案件なのに、当事者である女性自身が着物姿で相手を叩き返すことが決着であるという、なんとも不可思議な冒険譚が生まれてしまう。

しかも、「ある男」から届いた手紙に綴《つづ》られた事件の動機は、加奈江への恋心だった。男性性のネガティブな側面が集約されているこの手紙は、ある意味見事である。真実を知った彼女は「そんなにも迫った男の感情ってあるものかしらん」と、堂島との再会を期待してまた銀座に通うようになる。そんなＤＶ傾向のある男にほだされてどうする、と全力で止める人も今なら多いだろう。

現代日本で社会問題としてはっきりと浮上している問題が、コメディタッチの会社小説の水面下で息づいているからこそ、不穏でたまらない。それでもこの作品が愛おしく、一笑に付せないのは、きっと未来の人々の目からしたら、今の私たちの世界も同じように感じられるのではないかと予感するからだ。

（『毎日新聞』「文学逍遥」二〇一九年二月二日）

「見る」才能を持つ人

見ることにも技術がいる。

最近よく思うのだが、見る、というのは案外難しいことではないだろうか。対象を理解する、感じる、という能力でもあるからだ。常にそうあるのは不可能だが、受け手に対象を適切に感じる能力が備わっているかどうかが、時に重要になる。本能的に心に響く瞬間も人生にはもちろんたくさんあるが、対象を正しく理解するには、ある種の経験と知識を蓄えていることが必要な場面もある。

たとえば、炎上する企業広告の多くは、人種、性的指向、ジェンダーなど、さまざまな属性に対しての偏見を助長するものであるが、普段からこれらの社会問題を意識していないと、なぜ広告が問題であるのか理解できない人もいるだろう。この時よくないのが、「面倒な時代になった」「自分はなんとも思わない」「批判する側が悪い」と、わからないまま決めつけてしまうことである。それは自分の目を信じすぎている。

見る人、といえば、パロマー氏である。イタロ・カルヴィーノの連作短編集『パロマー』（和田忠彦訳、岩波文庫）の主人公である彼は、「鬱屈した狂気の世界を活きる神経質な男だから、なんとか自分と外の世界との関係を縮小し、いわゆる神経衰弱症にかからないようにできるだけ自分の感情を抑えよう」と努めているらしい。海辺に、肉屋に、動物園にと、さまざまな場所に現れる彼は、どの場所でも、とにかく対象を観察し、考え続ける。

パロマー氏を信用できるのは、観察している自分自身の目を信じていないところである。解明されていない渡り鳥のメカニズムに魅了され、「せめて自分の目でとらえられるわずかなものを、目に映ることが暗示するその場の思いつきを大切にしながら、細部に至るまでしっかりと見つめてみようと心に決める」。庭に現れる鳥たちの声音を判別できない「自分の無知をかれは何か罪のように」感じながらも、「人間の行動とそれ以外の世界との矛盾に常に悩まされてきた」彼は、クロウタドリの口笛と人間の対話は同じようなものかもしれないと思い、その発見に救いを見出《みいだ》す。海水浴の最中、太陽の反射光を剣に見立て、剣を見る自分の眼球がなければ剣は存在しないと思い巡らすが、同時に、自分がいなくても剣は存在することを確信し、タオルで体をふいて家路につく。偏屈でユーモラスだ。

パロマー氏を信用できると感じる理由はもう一つある。外国での彼の視点にブレがないからだ。「パロマー氏の旅」という章では、旅先での彼の様子が描写されるのだが、京都竜安寺の岩と砂の庭園を眺めている彼の姿もある。「仏教のなかでもっとも精神的な宗派である禅宗の僧侶が説くところに拠《よ》れば、言葉によって表現できるもろもろの概念の助けを借りなくても、単純極まりない方法で到達できる絶対者の瞑想の典型的な姿」であることの庭園で、しかし彼は、パンフレットに書かれているような「絶対的な私についての直観」に到達することができない。大勢の観光客が周囲に溢れているからだ。

竜安寺でのパロマー氏の視点と体験は、我々日本人があの場所で感じるものと、ほとんど差異がない。そうそう、観光客が多くて、哲学や宇宙に想いを馳《は》せる余地がないよね。そうそう、修学旅行生の団体が光の速度で現れ、去っていくよね。知っている景色を知っている景色のまま提示されることで、その視点への信頼度が増す。オリエンタリズムに転ぶ気配もなく、自らの観察眼から導き出した日本人の国民性などにはまったく触れず、ただ、観光客の多い竜安寺に存在し、その状況の真っ只中で、その場を感じようとする態度。「大衆文明の普及によって楽園が失われたことを嘆く」ことは「容易すぎる」と考え、観光客の頭の間から「かれに眺めることを許容してくれるものを手繰り寄せ」るという「困難な道」を彼は選ぶ。

次の章ではメキシコの遺跡を訪れるが、そこでは子どもたちに彫像や図像の説明をする教師が「なにを意味しているかはわからない」と繰り返す。そしてパロマー氏は、これは「石たちの秘密に対する敬意の払い方」だと考える。

あらゆる可能性に思考を巡らし、わからないことをわからないまま、日常のワンダーを見つめるパロマー氏の態度には、対象への敬意が感じられる。人は敬意を払う対象には謙虚になる。彼のように世界に対して謙虚であることは、最も高度な見る技術に違いない。

（『毎日新聞』「文学逍遥」二〇一九年四月六日）

潜んでいる無数の〝物語〟

松本清張の短編「張込み」は、横浜駅から幕を開ける。何度も映像化されている作品なので、記憶にある人も多いかもしれない。

柚木刑事と下岡刑事は、横浜駅から下り列車に乗り込む。下岡は小郡駅で下車し、柚木は一人で九州のS市を目指す。

ここで気に留めておきたいのが、一人になると、柚木が「文庫本の翻訳の詩集」を読みはじめるところだ。

「文学青年」とからかわれるので、同僚たちの前では読まないようにしているらしい。

S市に着いた柚木は、目的の家を見つけると、すぐ近くの小さな旅館に部屋を取り、張り込みをはじめる。その家に住んでいる昔の恋人に会うために、強盗殺人事件の犯人とされる石井が現れるかもしれないからだ。

石井の昔の恋人、横川さだ子は彼と別れた後、三人の子を持つ、二十も年上の銀行員の後妻になっていた。柚木は、石井が現れるのはさだ子にとって「災難」であり、家庭が

「滅茶滅茶《めちゃめちゃ》になっては気の毒」なので、新聞記者に絶対に勘づかれないようにと、S署の署長に念を押す。さだ子は「善良で、平和な市民生活」を営んでおり、「その家庭生活に安心しきっている」のだからと。

柚木が観察する横川家の一日は平凡そのものである。柚木は割烹着《かっぽうぎ》を着て縁先に出てきたさだ子を見て、こう描写する。「二十七八の中肉の女。眼がぱっちりとして大きい。さだ子であろう。平凡な主婦の印象である。恋愛の経験の想像も感じさせない女である」。さだ子が布団を干し、編み物器で毛糸を編み、子どもたちの食事の世話をし、買い物に出かけていくのを、柚木は淡々と見つめ続ける。一日のはじまりと終わりには、夫が会社に出かけ、帰ってくる。その繰り返しだ。

柚木の中で、この単調な生活を営んでいるさだ子のイメージは一貫している。「整っているが、乾いた顔である。年齢よりは老けた身装《つくり》をしていた。どこか元気がない」

「石井とのことがあったとは考えられないほど、情熱を感じさせない女である」

「どこか疲れて見えるのは柚木の気持からか」

柚木の目の前で繰り広げられている〝物語〟は、柚木が想像していた範疇《はんちゅう》にきれいに収まっている。また、横川家を見ているうちに、柚木は自らの家庭を想起するのだが、自分の妻もさだ子のような生活を送ってはいないかと思いを馳せるまではいかない。あくまでも彼は、この時、さだ子の退屈な〝物語〟に集中している。そして、警察官としての使命感と、おそらく少しの憐《あわ》れみから、この平凡な女の〝物語〟を壊さないようにしてやらなくてはと考えているようにも思える。

だが、さだ子は、柚木にまったく別の〝物語〟を提示してみせる。さだ子は秘密裏に石井と合流し、白崎行きのバスに乗る。白崎まで後を追っていった柚木の目に映るのは、寄り添う恋人同士の姿だ。「男の膝の上に、女は身を投げていた。男は女の上に何度も顔をかぶせた。女の笑う声が聞こえた。女が男のくびを両手で抱えこんだ」

石井の出現はさだ子にとって「災難」なんかではなく、彼女がひたすら待ち望んでいた瞬間だったのだ。そしてそれは、柚木の中で、さだ子の〝物語〟が塗り替えられた瞬間でもある。

「あの疲れたような、情熱を感じさせなかった女が燃えているのだった。二十も年上で、吝嗇《けち》で、いつも不機嫌そうな夫と、三人の継子《まま こ》に縛られた家庭から、この女は、いま解放されている」

「柚木が五日間張り込んで見ていたさだ子ではなかった。あの疲労したような姿とは他人であった。別な生命を吹き込まれたように、踊りだすように生き生きとしていた。炎がめらめらと見えるようだった」

柚木の中で、さだ子の印象は一新される。「張込み」が面白いのは、こちらの本当のさだ子の〝物語〟のほうを、柚木が気に入ったように感じられるからだ。「文学青年」と揶揄《やゆ》され、「文庫本の翻訳の詩集」を読む彼が、一人の女が隠し続けた情熱の〝物語〟を気に入ったのだ。この作品は、そういう話だと私は思う。

だからこそ柚木は、さだ子のためにこの〝物語〟を一刻でも長引かせてやりたいと、石井に声をかけるのを躊躇《ちゅうちょ》するのではないか。

とはいえ、石井は温泉旅館で逮捕され、さだ子は浴衣から、またいつものスカートとセーターに着替え、日常に戻らなくてはならなくなる。

「この女は数時間の生命を燃やしたにすぎなかった。今晩から、また、猫背の吝嗇な夫と三人の継子との生活に戻らなければならない。そして明日からは、そんな情熱がひそんでいようとは思われない平凡な顔で、編物器械をいじっているに違いない」という柚木の感慨は、さだ子の〝物語〟が持つ意味を、はっきりと浮かび上がらせる。彼女の〝物語〟には、彼女だけではなく、人々はみな、それぞれ隠された〝物語〟を持っていると、否応なしに想像させる凄みがあるのだ。私たちが送っているのと同じ日常生活にさだ子が帰っていくからこそ、日常の中に数々の〝物語〟が潜んでいることに気づかされる。この世に平凡な人間なんていないのだ。

（『毎日新聞』「文学逍遥」二〇一九年六月一日）

筋金入りの夢見る力

田辺聖子さんが亡くなられた。私の中で彼女はずっと、筋金入りの夢見る力の持ち主だった。今回は、著者自身の戦争中の思い出を綴った『欲しがりません勝つまでは』について書きたい。

「私は十三歳、女学校二年生である。天皇陛下と祖国・日本のために、命をすてるのだと、かたく決心している。そうして、ジャンヌ・ダルクにあこがれている」

という勇ましい一文でこの本ははじまる。昭和十六年。通っていた女学校は淀川のそばにあり、自習時間にそっと教室を抜け出して、川岸で川風を胸いっぱい吸い込む少女たちの姿はのどかで、とても戦争中とは思えない。けれど、生まれてからずっと日本は戦争中で、聖子は戦争をしていない祖国を知らない。日本の勝利を露とも疑っていない生粋の軍国少女として成長した彼女は、軍を従えたジャンヌ・ダルクのように、そして同盟国ドイツのヒトラーユーゲントの少年少女たちのように、自分も国のために尽くすのだと固く誓っている。

同時に、夢見がちな物語体質でもあり、手当たり次第に本を読破し、自分でも小説を書いている。当時実際に書いていた作品も次々と登場するのだが、戦況の悪化にもまったくめげず、新聞や雑誌などで得た知識を駆使して興味の赴くままどんどん長編を仕上げていくたくましさと、ありあまる情熱に驚かされる。小説を書きつけるノートの質も年々低下し、青写真を扱う仕事をしている親戚から譲り受けた「青い設計図みたいなものの裏を綴《と》じたの」しかなくなるが、それでも書き続ける。飽き足らずに、中原淳一が挿絵を書いていた『少女の友』を真似て、仲の良い友人たちと『少女草』という同人誌をつくることさえしている。

自分の部屋では、本箱に好きな小説を並べ、中原淳一の絵を額に入れて壁に飾り、「セルロイドの飾りのついたヘアピンやら、ブローチやら、きれいなノート」を引き出しいっぱいにしている。ロマンチックなもの、美しいものへの憧れを持った少女が、美しいものを破壊してしまう戦争を肯定する。その頃はそれがめずらしいことでもなく、なにより、活字中毒で物語を生きることに憧れている少女が、物語を生きるチャンスを与えられた。それが戦争だったのだ。

本人も自覚しているからこそ、隠すことなくここまで書くことができたのだと思うが、軍国少女としての聖子はなかなか過剰であり、ある意味で滑稽《こっけい》である。戦争をやめたらいいのにと話している両親に激昂《げきこう》し、「そんな、じゃらじゃらしたこと考えてんのか、オトナは！」「玉砕か、勝利ですよ！」と怒鳴る。しかし、次のページでは正月の餅を食べている対比がおかしい。救護班の担当になり、警戒警報が鳴るたびに、「祖国が自分を求めている」と母の制止を振り切って、最寄りの病院にかけつけるのだが、そんな自分の行動に「えもいわれぬ悲壮感があって、好きだった」と彼女は語る。

樟蔭女専の国文科に進学後、動員令が下り、工場で部品をつくるようになると、「直接に戦争に参加できる」と喜び、仕事に精を出す。さらには気持ちが高揚して居ても立っても居られなくなり、寮の部屋の窓から「みたみわれの誓い」を庭に向かって大声で朗誦《ろうしょう》し、警戒警報かと周囲を怯えさせ、変わった人だと噂が立つ。

戦争という状況に陶酔しつつも、一方で聖子には「せっかくの女専であるから、もっと楽しみたい、国文学をもっと研究したい。『源氏』や『枕』のテキストの、あたらしい紙の匂いを深く吸いこむときのうれしさを、もっと味わいたい」という気持ちもあり、「戦争と、国のことに関しては、私はいつも二つに引き裂かれてしまう」と感じている。

聖子の引き裂かれた気持ちは、空襲、そして終戦をもって、ようやく一つに収束される。二十年六月一日、自宅の福島に近い中之島が空襲にあったことを知った彼女は、一路自宅を目指すのだが、鶴橋から先は電車が不通になり、歩いて帰るはめになる。焼死体を積んだトラックや罹災者《りさいしゃ》たちとすれ違い、火の海や黒い煙のなかをなんとか辿り着いた家は焼失しており、彼女が大切にしていた小説や人形や小物類、「美しい真っ白い紙のノート」

も焼けてしまった。まるで希望が燃えてしまったかのように、とうとう小説を書く気力も失った彼女は、虚《むな》しさを抱えて終戦を迎える。

命は軽いもの、玉砕するのがお国のため、と教え込んだ大人たちが、終戦後、その同じ口で命の重さや平和を説くようになり、「自分の後半生の人生は、きっと自分の遠い心のおくそこの声だけを聞く、他人にあやつられない人生でありたい」と十七歳になった聖子は考えるようになる。この本は、お国のために死ぬことを夢見ていた少女が、生きていなければ夢を見続けることはできない、と気づくまでの記録である。生きたい！　という彼女の叫びは、夢を見続けたい！　と同義である。こんな残酷で不条理な気づきを、今後また若い世代が経験するようなことは、作者は絶対に望んでいないだろう。

（『毎日新聞』「文学逍遥」二〇一九年八月三日）

日常のハードコア

十年以上前のことになるが、庄野潤三の家族について書かれた小説群をひたすら読んでいた時期があった。次から次へと絶え間なく読み続けていた感触が残っており、なぜ自分があんなにもこのシリーズに惹かれていたのか、今一度しっかり考えてみたくなった。

『貝がらと海の音』のはじめのほうに、外で俊敏に動くとかげを偶然見かけた庄野老夫婦がこんな会話を交わす場面がある。

「天才だなあ、今のとかげ」
「天才ですね」

私はこの時点で、この作品に改めて、ノックアウトされた。作者が、とかげを天才と呼ぶことを、書くことを恐れない人であったことに、とても信頼感を覚えるのだ。『うさぎのミミリー』の、「お昼御飯《ごはん》をおいしく頂く。長女の太巻はおいしい」という書き方や、『庭のつるばら』の、パン屋でパンを選んでから、「パン屋さんでパン買うのはたのしい」と妻が言った一言を、その後の「パン買うってたのしいわ」と繰り返しになる部分を省かずに書き記すのは、作者の作品の中では頻繁に登場する手法だが、手法というより、実感としてこれがしっくりくるのだ、と伝わってくるところにこちらもとても共感するし、しびれる。「パン屋さんでパン買うのはたのしい」も「パン買うってたのしいわ」も、どちらも省けない、重要なことなのだ。

ドリームズ・カム・トゥルーの曲「うれしい！　たのしい！　大好き！」を聴くと、この三つの気持ちだけで生きていけたらいいのにと遠い目になってしまったりもするのだが、庄野作品には、こういった明るい気持ちが何よりも強く息づいていて、そう、人生とはそもそもこうあるべきだった、と根源的な思いに立ち返らせられるのだ。

今回特に、『インド綿の服』を読み直してみて、この作品集がいかに変わった、他にない作品であるか、思い知らされた。この作品群は、夫と子どもたちと足柄山に引っ越していった長女から届く手紙がそのまま登場し、そこから家族のある時期のエピソードが連想的に綴られていく。

面白いのは、それらの手紙が作者の書きたいことのフックとして使われているのではなく、その手紙の魅力を我々に最大限に伝えるために、作者が書いているところである。昨年出版された『庄野潤三の本　山の上の家』に収録されている長女の夏子さんの「私のお父さん」というエッセイには、「両親から離れたのは、今住んでいる足柄山の林の中の家に引っ越した時からです。親からの宅急便を受け取ったのも初めてでした。安心させる為に、私は宅急便のお礼や近況を手紙に書くようになりました。三人の男の子を引き連れて自然の中で暮らし始め、又一人男の子が生まれたので、報告する事は、いっぱいです。『ハイケイ、足柄山からこんにちは』で始める手紙には、家族の様子や庭に来ることりやヘビ、タヌキの事、夕食の献立まで何でも書きましたが、心配性の父なので、困った事はおもしろおかしく書きました。父は、そんな手紙を喜び、小説の中にそのまま入れました」とある。

また、作者も『インド綿の服』のあとがきに、「この手紙から受けるよろこびを必要な注釈を加えながらなるべくそのまま読者に伝えたいというのが、『インド綿の服』に始まる足柄山シリーズ六篇のテーマといっていいだろうか」と説明している。その通りに、作者は長女の手紙に書かれている内容を、我々がわかるように一つ一つ補足していくのだが、その補足部分が結果として、家族の物語として浮かび上がる仕掛けだ。もちろん、作者は「仕掛け」だなんて思ってはいなかっただろう。

ただ、シンプルな構造に見えて、意外にスリリングなのである。二つの家の間を行き来する手紙と宅急便から、家族のエピソード（手紙から読み取れる長女や孫たちの言動も分析し、手紙のフレーズの意味まで読み解いている）、または他の手紙と宅急便の話につながっていくので、どこに飛び、どこに戻るのか予想がつかない。よくよく読んでみると、ダイナミックなジャンプの連続で驚かされる。派生していくさまざまなエピソードを夢中になって読んでいると、「最初の手紙に戻ろう」と唐突に挟み込まれ、作者は本来の目的をずっと忘れていなかったことに気づかされ、背筋が伸びる。

長女からの手紙には、作者夫婦から届いた宅急便の中身や会った際にもらった物、一緒に食べた物が細かく記されているのが、とても印象的だ。そして作者は、そのすべてを自らの小説に登場させる。家族の日常を、長女から送られた荷物の包装紙の柄や絵ハガキの柄にいたるまで書き残さなくてはいけない、これは書き残すに値するものだと確信しているのだ。妻が長女に送ったシャツの色をどんな色かとわざわざ尋ね、妻の「ちょっと燻《くす》んだオレンジ色です」という答えも、同じ時に妻が注文したシャツが芥子《からし》色であったことも書き添える。あまりに徹底した作者の態度は、日常のハードコア、とでも呼びたくなる。きっと作者の作品は、本来、人にはこのような穏やかで平和な生活が与えられるべきだ、これが生活なのだ、という、この世界への強い意思表明なのだ。

（『毎日新聞』「文学逍遥」二〇一九年十二月七日）

『幻の朱い実』は「生命力！！！」

数年前、石井桃子の生前の自宅を見学した。荻窪のかつら文庫の二階にある石井の部屋は、一人の女性が快適に仕事をし、暮らせるよう心を配られたのが伝わってくる間取りで、これこそが理想の部屋だと感じ入った。本棚に囲まれるように大きな机が置かれた仕事部屋には当然ながらうっとりとさせられたし、小さいながらも使いやすそうな台所も印象的だった。その台所の棚でふと目に留まった、「若き日の夢が永遠に続きますように」と英語で刺繍され、女生徒二人が手をつないでいる絵柄の布巾《ふきん》には、『幻の朱い実』を想起した。

戦前の昭和を生きた二人の女性、明子と蕗子の物語である『幻の朱い実』は、石井の自伝的小説といわれ、私も考えるたびに驚いてしまうが、彼女が七十九歳で書きはじめ、八十七歳で出版された作品である。蕗子は石井と深い友情で結ばれていた小里文子《おりふみこ》がモデルであり、もちろん諸処の設定は違うが、明子には石井自身の思いが投影されている。二十代で結核で亡くなった小里のことを、六十年後、石井は物語の中で鮮やかに蘇らせた。

尾崎真理子の『ひみつの王国　評伝 石井桃子』に収録されている、『幻の朱い実』刊行時の一九九四年に尾崎が石井に行ったインタビューには、「十年近く前、八十歳手前になって、当時病床にあった親友と約束したんです。（中略）私たちの〝あの人〟のことをそろそろ書きましょう、と。もうすぐ思い出話を語り合えなくなる、あの人のことを知る人がだれもいなくなってしまうから」という石井の言葉がある。

この「親友」というのは、小里と学生時代からの友人である水澤耶奈であり、作中には加代子として登場する。小里文子という腹心の友の生きた証を物語に刻みつけようとする石井の執念ともいえる情熱は、文壇で浮名を流したことにされ、当時の男性作家たちによって、ゆがんだかたちで物語に残されてしまった彼女を、自らの手で取り戻す意図もあったのではないだろうか。

常に死の影をまとい、実際に亡くなってしまう親友との日々が描かれていながらも、この作品を一言で表すならば、まずは「生命力!!!」と、びっくりマークをいくつもつけて叫びたくなる。それぐらい、蕗子と明子がともに過ごした数年間の描写は活き活きとしていて、読んでいるこちらの胸も知らずと弾んでしまう。蕗子がひとり暮らしをしている荻窪の家に明子は足繁く通い、女性は結婚し家庭に収まるのが当たり前とされ不穏な戦争の足音が近づいてくる時代を、二十代半ばの独身の女性二人で助け合って生きていく。

この二人がとにかく食べることが好きなところが素晴らしい。特に、牛肉。蕗子が警察署に勾留され釈放された後、駆けつけた明子とビフテキにかぶりついたり、明子が断れなかったお見合いの打ち合わせの後、荻窪の家に肉の包みを持って現れ、牛肉のバタ焼きの上に大根おろしをたっぷりのせて二人でむさぼり食べる様子など、日常のうさを晴らすがごとく肉を食らう女たちの姿に清々とする。現在の深刻な環境問題を鑑みれば、牛肉を食べる場面を、今、生きる希望として新しく描写することは個人的には難しいと感じるが、女性が今よりもずっと社会通念で縛りつけられていた時代に、女同士で肉を大喜びで食べる姿にはただただ明るさを感じる。

蕗子と笑いあえる荻窪の家は明子にとって、現実を忘れられる楽園としての役割を果たしている。ともにお金を貯め、地元の人々に面白がられながら、思い思いに過ごす千葉の宇原の海での夏の休暇は、さらに理想郷の趣を増す。ここでも二人は新鮮な海産物を毎日食べて、うれしそうだ。

けれど、深い絆で結ばれた明子と蕗子の生活には、終わりが来る。「あたしね……男のひと、好きになれない人間かもしれないわ。」と明子は言うが、それは、女性が結婚しないと生きていけない社会そのものを「好きになれない」と告白しているように感じられる。「男のひと」イコール社会なのだ。この後、恋愛の結果として、結婚した明子は、主婦であることに押しつぶされ、自らが置かれた状況に反旗を翻すかのように体調を崩す。結婚で引き裂かれてしまう女性同士の関係は、前半が鮮やかであればあるほど、より時代の抑圧が絶望的に迫ってきて、石井がいかに鋭い眼差しで当時の社会を見つめていたかに圧倒させられる。

蕗子の死から何十年も経ち、七十代になっている明子に加代子が言う「こういう風に物を考えられるのは、おかしないい方かもしれないけど、やっぱり新憲法のおかげだなあって……ふうちゃん、生かしておきたかったなあって……もっともっと自然に生きられたのに。」という一言にはハッとさせられる。大日本帝国憲法と日本国憲法、二つの憲法を生きた女性たちの実感だからだ。敗戦によって、皮肉にも、日本の憲法には女性の権利が盛り込まれることになった。『幻の朱い実』には、彼女たちの声が今も鮮烈に息づいている。

（『毎日新聞』「文学逍遥」二〇二〇年二月一日）

あとがき

このエッセイ集に収録されている文章は、二〇一五年から二〇二四年の間に書いてきたものだ。兵庫県出身であるためお声がけいただいた神戸新聞でのエッセイ連載や、具体的な日本の地名が出てくる作品がテーマで、毎回楽しく悩みながら担当していた毎日新聞の「文学逍遥」のほか、主に新聞や雑誌などに掲載された文章の数々を、今回まとめることができて本当にうれしく思っている。

ひさしぶりに読み返してみて、自分で書いたはずなのにすっかり忘れていて驚いたこともあったし、自分の十年間の断片を思い出すことができて、なんだか感慨深く、新鮮な気持ちになった。私は書いていることが本当に変わらないなと改めて実感しつつも、今の私とのズレも面白く思った。その時々の私を尊重し、ズレは残すようにした。

読んでくださったみなさんそれぞれの心の片隅に残るような文章が、一つでもあれば幸いです。

これまでの文章をエッセイ集にまとめましょうと言ってくださった中央公論新社の角谷涼子さん、打ち合わせの時に私のときめきが止まらなくなったアイデアを思いつき、かたちにしてくださった装幀家の鈴木千佳子さん、この本にかかわってくださったみなさん、そしてご依頼をくださったすべての担当者さん、本当にありがとうございました。

二〇二五年のはじまりに。

松田青子

装幀
鈴木千佳子

松田青子

1979年、兵庫県生まれ。同志社大学文学部英文学科卒業。2013年、デビュー作『スタッキング可能』が三島由紀夫賞及び野間文芸新人賞候補となり、14年にTwitter文学賞第1位。19年、短篇「女が死ぬ」がシャーリイ・ジャクスン賞短篇部門の最終候補に。21年、『おばちゃんたちのいるところ』がレイ・ブラッドベリ賞の候補となったのち、ファイアークラッカー賞、世界幻想文学大賞を受賞し、23年、日伊ことばの架け橋賞を受賞。その他の小説に『持続可能な魂の利用』『女が死ぬ』『男の子になりたかった女の子になりたかった女の子』、エッセイ集に『自分で名付ける』『お砂糖ひとさじで』、翻訳書にカレン・ラッセル『オレンジ色の世界』などがある。

彼女《かのじょ》たちに守《まも》られてきた

2025年3月25日　初版発行

著　者　松田青子《まつだあおこ》
発行者　安部順一
発行所　中央公論新社
〒100-8152　東京都千代田区大手町1-7-1
電話　販売03-5299-1730　編集03-5299-1740
URL https://www.chuko.co.jp/
DTP　嵐下英治
印　刷　TOPPANクロレ
製　本　大口製本印刷

Printed in Japan　ISBN978-4-12-005897-4 C0095